JN324070

辺境中毒！

高野秀行

集英社文庫

目次

ケシの花ひらくアジアの丘

対談　辺境＋越境

辺境読書　エンタメ・ノンフ・ブックガイド

辺境中毒！

ケシの花ひらくアジアの丘

「辺境」へ。それは、ブラックボックスをのぞく旅

私は「辺境」をこよなく愛している。そこでは先進国という「出来上がった場所」にはない意外性と、想像もつかない非常識に出会うことができる。あたかもブラックボックスをのぞきに行くようなワクワク感がある。

その意味で、ここ十五年以上も私を惹《ひ》きつけてやまないのはミャンマー(ビルマ)だ。この国のわけのわからなさはハンパではない。つい最近も首都がいつの間にかヤンゴンから「ネピドー」なる町に移転した。ネピドーは何の特徴もない人口十万人程度の小さな田舎町だ。日本で言えば、いきなり首都が東京から京都府の福知山に移転したような唐突さである。

しかも、なぜ移転したのか、その理由が「いまだ不明」というのも常軌を逸している。一説によれば、ほぼ独裁体制をかためている軍事政権のトップ、タン・シュエ議長が外国人嫌いで、外国人に会いたくない一心で内陸の不便なところに引っ込んだのだとも、

また別の説では、議長お抱えの占い師が「そこを首都にしたほうがよい」と告げたからだとも言われている。

まさにブラックボックスでできた王国であり、上から下まで、人々の行動は予測がつかないことだらけだ。

例えば、三年前（二〇〇四年）、私がヤンゴンを訪れたときのことだ。散歩していたら、通りに床屋を見つけた。暇だったし、髪も伸びていたからなんとなくその店に入った。前髪を虫の触角みたいに伸ばしたおしゃれなお兄ちゃんがいたので、「髪を切ってくれない？」と訊《たず》ねたら、「ちょっと待て」と言って、店を出てしまった。あとをついて行くと、店の前でしゃがみこみ、もう一人の従業員と何かを話している。

「なにしてるの？」

私が訊《き》くと、兄ちゃんは答えた。

「ガソリンを買いに行くからちょっと待っていてくれないか」

「は？」

最初は聞き間違いかと思ったくらい予想外の言葉だったが、やがて状況がわかった。

ミャンマーでは首都（当時）のヤンゴンですら電気が二十四時間通っていない。特に、昼間の時間帯は停電していることが多い。そこでホテルや商店などは、自前で発電機を用意している。この床屋もそうだ。でも、今チェックしてみたら、発電機を動かすガソリンが切れている。だから、買いに行かなきゃならないということなのだ。

従業員がポリタンクを抱え、バイクで出かけた。私は遠ざかるその後ろ姿を見つめながら、「これからいったい髪を切ってもらうまでどのくらい時間がかかるんだろう」と気が遠くなる思いだった。

＊　＊　＊

北部のミッチーナという町に行ったときも呆《あき》れ果てた。

前から付き合いのある地元の人の家に泊めてもらっていたが、時間がなくなり、ヤンゴンまで飛行機で帰ることにした。だが、どこで切符を買ったり予約をしたらいいのかわからない。その旨を告げると、私の友人は即座に誰かに電話をした。なんでも「飛行機のことに詳しい友だちがいる」とのことだ。

しばらくすると、その友だちがバイクでやってきた。これから連れて行ってくれるという。私も友人のバイクの後ろにまたがり、彼のあとをついて行った。

チケットを買うんだからてっきり市内の中心部へ向かうと思いきや、どんどん郊外のさらに外へ離れて行く。しまいには、道路は森の中へ入って行った。常識で考えたら、こんなところでチケットなど売ってないはずだが、ここは常識の通用しない国である。切符売り場が僻地に突然移転していてもおかしくはない。

しばらくして、柵で囲まれた敷地に到着、「飛行機に詳しい友だち」は敷地の入り口にある小屋で、警備員らしき制服の男と二、三言、言葉を交わすと、そのままバイクで中に乗り入れた。敷地の中も森である。二分くらい行くと、突然森が開け、私は絶句した。

そこには滑走路があった。

「飛行機に詳しい友だち」というのは、文字通り、飛行機の整備や飛行機の管理関係にコネがある人だったのだ。

バスに乗りたい人をバス停に連れて行くように、飛行機に乗りたい人を滑走路に連れてきたらしい。

どうかしているにも程がある。

頭にきた私が「切符を買わなきゃいけないんだ!」とわめくと、友人とその友だちは初めて「なるほど!」という顔をして、バイクの向きを変えて、市内に戻った。

ミャンマー航空のチケット売り場は、友人宅から五百メートルと離れていなかった。最初からここに連れてきてくれれば話は早かったのに何考えてるんだ、とため息が出た。しかし、実際にチケットを買おうとしたら、ここも全然早くないことがわかった。

まず、私たちが到着してまもなく、航空会社の担当がどこかに外出してしまい、いっこうに帰ってこない。昼飯に出たらしいのだが、いつ戻るかもわからない。

いったん友人宅に戻り、再度出直したが、まだ閉まっている。夕方、六時過ぎ、本来なら営業時間が過ぎている頃に行ったら、やっとオープンしていた。

しかし、そこからがまた長い。外国人が滅多に来ない場所だけに、担当者がやけに慎重なのだ。パスポートのプロフィールとビザの欄を事細かにチェックし、記されている文字と数字を全部、ノートに書き写している。

しかも、それを「上司に見せなければならない」と言い、またしばらく待たされる。ほんとにチケットは買えるのかと心配になってきたとき、担当者が奥から帰ってきて、「支払いは米ドルのみ、二百四十ドルだ」と告げた。

おお、やっと買える！　私は懐から残り少ないドル札を集め、担当者に差し出した。担当者は数をかぞえ、うなずいた。

普通はここで終わるのだが、終わらないのがミャンマーである。

担当者はまたノートを取り出し、パスポートのときと同じようになにやら一生懸命書き始めた。何をしてるんだろうと覗《のぞ》き込んだ私は、またしても呆然《ぼうぜん》とした。

それぞれのドル札に書かれた番号を一枚ずつ、全部控えているじゃないか！　しかも、ミャンマーで大きい札は使いにくいだろうと思い、私は半分以上、五ドル札と一ドル札に崩していた。全部で三十枚はあるとおぼしきドル紙幣の全情報を彼はノートに書き写していたのだった……。

ヤンゴンの床屋事件とミッチーナの飛行機事件。両方とも、心底呆れ果てたが、目的を済ませて一息つくと私は冷静さを取り戻した。そして、呆れながらも、考え直した。それどころか深い感銘まで受けてしまった。

＊　＊　＊

なぜか。

それは、ミャンマーにいると、物事のつながりがよくわかることに気づいたからだ。

例えば、床屋事件。床屋で髪を切ってもらうには、電灯と電気バリカンが要る。電灯と電気バリカンを動かすには電力が要る。電力を得るには石油が要る。そして、石油を得るにはどこからか買ってこなければいけない……。

そういう流れが一目瞭然というか、ちゃんと一つ一つの手順を踏まないと、目的が達成できないのだ。

翻って日本ではどうなのか。電灯をつけるにもバリカンを使うにもスイッチ一つだ。スイッチを押しさえすれば、すべて片付くと思い込んでいる。そのスイッチの向こうにいったい何があるのか、考えてみることさえない。

飛行機事件も同じことが言える。バスに乗るならバス・ターミナルに行く。列車に乗るなら駅に行く。チケットを買うにしても、そこで必ず売っている。飛行機だけが乗る場所と買う場所がちがう。そっちのほうが例外的なのだ。

さらに、あのバカバカしいドル札の全記録。あれを見て、私は初めて、「あー、お札っていうのは書類の一種なんだ」と実感した。紙に文字や数字が複雑に印刷された、手の込んだ書類なのだ。ある政府のある機関が作成した文書であり、もっと言えばただの紙なのだ。

金や銀の塊とはわけがちがう。そのものに価値があるのではなく、その文書に記された約束事に価値があるのだ。だからその約束事が反故《ほご》になれば、ただの紙くずになる。実際にミャンマーではこれまでに何度も自国の通貨が紙くずになっている。

私たち日本人はそんなことは考えてもみない。だからお金を無条件に信じている。スイッチを押せばなんでも動く。お金を持っていればなんでも解決する。つながりや因果関係をまったく考えることをしない。ブラックボックスに取り囲まれて生活している。

だから、われわれは電気で動く車を「エコ・カー」と呼んで何の疑いもないのだろう。ミャンマー人ならきっと「え、じゃ、その電気はどうやってつくるの？」と疑問を持つはずだ。もちろん、石油か原子力からつくられるのだ。石油も「エコ」じゃないし、原子力発電も「エコ」のはずがない。

政治はミャンマーのほうがブラックボックスかもしれない。しかし、日々の生活では、圧倒的に日本人のほうがブラックボックスの中で暮らしている。

そんなことを——しかも大呆れや大笑いしたあとで——発見できることも、辺境旅を私が偏愛する理由の一つである。

アヘン王国脱出記

一九九五年十月から九六年五月にかけて、私はミャンマーが中国と国境を接する「ワ州」（正確にはミャンマーのシャン州の中にある一地域）という地域に七カ月ほど滞在した。

ここは俗に言う「ゴールデン・トライアングル」の核心部に当たり、同地のアヘンの六十から七十パーセントを生産している。そして、アヘンを資金源とする反政府ゲリラが地域を完全に掌握し、ほとんど独立国として機能しているという、常識では考えられない地域である。

私は外国人として初めてこの地域に長期間滞在し、村に住み込んでケシを栽培し、そこからアヘンを収穫するという村人たちの仕事を手伝った。そして、揚句の果てにはアヘン中毒にもなってしまった。

その経緯は拙著『アヘン王国潜入記』（集英社文庫）に詳しく書いた。しかし、私の記録は、アヘン王国ことワ州を去るところで終わっている。しかも、できるだけあっさりと帰ったようになっており、あたかも「一陣の風が吹き抜けた」かのような爽やかさだ。

だが、現実はそう簡単なものではなかった。記さなかったのは本筋からはずれる「祭の後」にも似たごたごたで、読者を混乱させたくなかったからにすぎず、実際には私に最大の困難が立ちはだかったのはその後のことであった。その困難は、「祭の後」らしいばかげた成りゆきながら、本人にとってこのうえなく切実であるという意味では、人間の「やくたいのなさ」が集約されているとも言える。そして、あくまで今現在から振り返れば、滅法おもしろい脱出と帰国の顛末《てんまつ》であった。

＊　＊　＊

私は村でケシ栽培とアヘンの収穫を終え、「ワ州」の首府・パンサンへ戻ってきていた。

村にいたときにやむを得ぬ事情でアヘン中毒となっていたが、さすがにゲリラの総司令部のお膝元ではアヘンを吸うことなど、冗談でも口にできることではなく、しかたなく一日中、中国製の安ビールをあおり続けることでまぎらわしていた。

村にもアヘン中毒を断ち切ろうとしてアル中になってしまっていたじいさまがいたか

ら、私は彼の道筋を忠実にたどっていたことになる。

アヘン中毒といっても私の場合、実際に吸っていたのはほんの二カ月余りのことで、禁断症状も読者が想像するほど壮絶なものではなかったが、食欲不振、下痢、それに異常な身体のだるさはこたえた。血管に鉛が流れているようなのだ。

親しい人間もろくにおらず、「早く普通の国へ帰って人心地つきたい」という気持ちが高まってきた。しかし、ゲリラの幹部連中には、馬の糞《くそ》ほどの価値もない日本人ライターのことなど、日常の雑事にとり紛れてしまっているようで、いくらゲストハウス（招待所）で待っていても誰も相手にしてくれない。

そこで、私は一つウソをつくことにした。総司令部に出入りする若手の将校にこう言ったのだ。

「ぼくのたった一人の弟がもうすぐ結婚式を挙げるんだ。だから、急いで帰らなければならない」

まったくのでまかせである。私は一年近く日本とは音信不通で、弟が結婚するかどうかなど知るよしもない。しかし、この理由が最終兵器だった。

私は村に長く住んできたし、幹部連中ともよく話をした。ワ人の考え方がわかってきていた。

彼らはことのほか、親族を大事にする。村もゲリラも親族が網目のようにつながっている。「たった一人の弟の結婚式」となれば、それは「取材」や「ビジネス」なんかより、はるかに効く理由なのだ。

その証拠に、関係者は「そりゃ大変だ」と突然、あわただしく動き、私は翌日の朝に出発することとあいなった。弟さまさまである。

さて、「出発」といったが、どこへか。

タイである。私は前年に中国から一カ月の観光ビザで入国したきりで、当然とっくの昔にそれは切れている。六カ月のオーバーステイを認めてくれるほど中国は寛容な国ではない。それで、タイへ出ることにしたのだ。

タイは金とコネと時間さえあれば、なんでも可能な国だ。少なくとも中国の公安に問答無用でとっつかまるよりはるかにマシである。

しかし、中国なら歩いて五分もかからないが、タイとなると車で三日はかかる。しかも、シャン州のミャンマー政府が押さえている地域を通過しなければならない。

私は、タイ国境へ向かう大型トラック二台とピックアップ・トラック二台の大輸送隊に便乗させてもらうこととなった。

四台のうち、二台はワ人のゲリラがつくったナンバー・プレートを付けている。ワ人のゲリラと政府は停戦中なので、支配区以外の場所（ミャンマー領）のどこでも通行が可能なのだ。

総勢二十名近くだが、意外なことにワ人はほんの三、四人で後はみな中国系である。ミャンマー語も中国語も解さないワ人は、支配区から外は中国系のスタッフに任せざるを得ないらしい。

しかし、中国系ばかりのおかげで、私は途中の検問で疑われることはまったくなかった。私の顔は中国系そのものだし、ワ州の中国系はふつうミャンマー語を解さないからだ。

一日目はムンヤンというミャンマー政府が支配下に置いている小さな町に泊まった。もうこのあたりは平地で、ケシ栽培地帯ではない。民族もシャン人が多い。

半年ぶり以上にコーヒー屋で本物のコーヒーを飲んでいたら、いきなり西洋人が入ってきたので私はぶったまげた。彼の乗りつけた車にはUNDCP（国連薬物統制計画）の文字が記されていたので、合点がいったものの、同時に少なからぬ憤りを覚えた。UNDCPの連中は肝心のケシの栽培地には入らないで、どうしてこんな平地の田舎町でうろうろしているのだ！

連中は現場をいっさい見ないで、ミャンマー政府に麻薬撲滅用の資金を与えている。そして、その金はおおかた政府高官のポケットに消えてしまうという仕組みになっている。

「おい、おまえ、ここに座れ！」と、よほど、説教をしてやりたい衝動に駆られたが、そういう立場にないので、おとなしく宿に帰った。だいたい、禁断症状でだるくてとても欧米人を説教する気力がなかった。

二日目はチェントゥンに着いた。ミャンマー・シャン州最大の町だ。車で一時間走ってもずーっと田んぼが続いている。

山の中に長らくいた私には、この盆地のあまりの広大さに目が眩《くら》んだ。これだけ平らな土地があれば、どれだけ米ができることか。ケシの栽培もやらずに生きていける……と、つい山から下りてきた村人の発想をしてしまう。もっとも、その富のおかげで、この町は七〇年代から八〇年代にかけて、アヘンの集散地として名を馳せ、「ゴールデン・トライアングルの首都」と呼ばれたこともある。

ちなみに、チェントゥンではワ軍の事務所に二泊したが、看板こそ「ワ」と銘打ってあるが、スタッフはほとんど中国系で、二、三人のワ人は召使いのように扱われていた。一九九九年八月現在、ワ軍がタイ国境付近で「ヤーバー」というアンフェタミン（いわゆる覚醒剤）を大量生産し、それがタイにどっと流れ込み、タイ最大の社会問題になっている。

ミャンマー政府がそれを放置しているため、タイとミャンマーの間で緊張が高まってもいるのだが、実際に問題を引き起こしているのはすべて中国系の仕業であることをどのマスコミも報道しない。この問題の特集を組んだ『ニューズウィーク』以下、世界中のマスメディアの記者はいったい何を取材しているのだろう。

ともかく、チェントゥンを出て丸一日、山の中をうねうねと走り、タイとの国境へ出た。最後は、やはりワ軍の中国系の人間が乗用車に乗ったままイミグレーションを通過し、私をバス・ターミナルへ置いてさっさと帰って行った。

ターミナルのそばにはセブン‐イレブンがあり、つい二週間ほど前まで世界の果てみたいなところにいた私は、その過剰としか思えない豊かさに呆然とした。

ここから、私の拠点であるチェンマイまではバスでたったの四時間である。荷物を預けておいた年輩の友人（私をワ軍に紹介してくれたシャン州独立運動の大物）宅へ着いたときは、懐かしさのあまり涙が出そうになった。

いっぽう、友人一家は私の突然の帰還にたまげていた。なにしろ、私は高地で毎日、農作業をしていたため色が真っ黒で、しかも疲労とアヘン中毒でガリガリになっていたのだから無理もない。

しかし、私はようやく「話せばわかる」人たちと再会し、喋《しゃべ》りにしゃべりまくった。ワ州の村人もいい人たちではあったが、日本もアメリカも知らないのでは、今日はどこの畑へ行ったかくらいの会話しかできない。シャン州出身の彼らも本来、隣人であるワ州のことは何も情報がなく、熱心に耳を傾けてくれた。用意してくれた「タイスキ」も、ワ州の粗食と同じ食べ物かと思うくらいうまく、数カ月ぶりに食べ物をガツガツと貪《むさぼ》り食った。

興奮の極みに達した私は、話の途中でふと思い出し、かばんからゴルフボールくらいのアヘンの塊を取り出し、「ほら、これは僕が自分でつくったんですよ！」と誇らしげに見せた。

途端に、友人は顔色を変えて、低くうめいた。

「おまえ、いったい、どうしてそんなものを持ってきたんだ!? もし、それがうちにあるとわかったら、私たちはただでは済まないぞ。だいたい、途中の検問でもし見つかっていたら、おまえは今頃どこでどうなっていたかわからんぞ！」

この一言で私は我に返った。

そうだ、これは〈麻薬〉なのだ。村では大事な現金収入の作物であり、アヘンをつくって褒められることはあれど、怒られることがあるなんて想像もしなかった。

私はあたかも信州名物「野沢菜」でもお土産に持ち帰る気分で、かばんのいちばん外側のポケットへ無造作に放り込んでいたのだった。まだ、村の生活がどうしても心身から抜けてないのだ。

友人の奥さんによれば、私の服もかばんも、ひどくアヘンくさいとのことだった。よくミャンマーの検問を無事通過できたものだ。もし、係官が気まぐれに私のかばんをちらりと開けたら、何もかもがめちゃくちゃになるところだった。

今頃になって、冷や汗がどっと流れた。しかし、私の試練はこれからが本番であった。

＊　＊　＊

パンサンでついた方便としてのウソのおかげで、私はタイに早く戻ってくることができたのだが、皮肉にもそのウソがタイで私を窮地に陥れる結果となった。

日本からの連絡場所にしていた友人宅へ私の親から電話があり、なんと「弟が結婚式を挙げるからすぐ帰ってこい」とメッセージを残していたのだ。

ウソから出たマコトとはこのことである。日取りは五月十日。そして、今は五月二日である。たった一週間しかない。

問題は私の考え方がワ州の村でかなり変化を遂げていたことだ。

かつて、私は結婚式というものを毛嫌いしていた。「日本の悪しき画一性の象徴は結婚式（厳密には披露宴）と英会話学校である」というのが私の持論で、たとえ日本にいても弟の結婚式にも絶対に出席するつもりはなかった。

ところが、村で私が毎日見たのは、親族家族の本当の意味での助け合いであった。

乳幼児の死亡率が高いのに、いや高いからこそ、生まれた赤ん坊は一族がこれ以上ないくらいにかわいがる。年寄りは身体が動く限り、畑や薪運びなどの仕事に出かけ、それもかなわなくなると働き手が畑に行っている間、幼い子どもの面倒をみる。子どもは五歳にもなれば、牛や水牛の放牧や水汲《みずく》みや畑仕事の手伝いを始める。

現在、兵役に出ている者が村の人口の一割にも及び、また戦死者も多いことから、男手が常に足りない。それを一族と隣人たちが互いにフォローし合う。

誰ひとりとして、不要な人間はいない。人間は両親から生まれ落ち、運よく成人すれば、自分がまた親として子どもを産み、育てる。一族のメンバーが死んでは悲しみ、結婚するとなれば、大宴会を催して、幸福を分け合う。

これこそ、「人の道」という感じであった。

そういう姿をずっと見てきた私には、「披露宴が画一的だから」くらいの理由で実の弟の婚礼に参加しないなど、人ではないと思うようになっていたのだ。それで、「日本にいても出席しない」はずの男が「万難を排しても出席する」という決意を瞬時にかためたのであった。大変な変節ぶりだ。

しかし、この世界にはなぜか「国」というものがある。そして、「国」には「国境」という連れ子がいる。この連れ子が厄介《やっかい》な存在であった。

私は七カ月前に中国に入国してからパスポートの上では足どりが途絶えている。中国を不法出国して、ミャンマーに不法滞在して、それからタイに不法入国しているのだ。どうやって、タイから出国するかが問題であった。

もちろん、この問題は予定のうちであった。タイはいくら近代化が急激に進んでいるとはいえ、まだコネと金で物事が動く国である。一ヵ月くらい、ゆっくり休養しながら、方途を考えるつもりだった。

私より数年前にミャンマーの少数民族ゲリラの取材を行った吉田敏浩さんなどは、ミャンマー領に三年半も不法滞在しながら、ちゃんと日本に帰り、そのルポで大宅壮一ノンフィクション賞を受賞している。

三年半不法滞在した人間が何とかなるのだから、七、八ヵ月の不法滞在者が何とかならないわけがない。要は、タイの入国スタンプさえ押してもらえれば、即座に出国できるのだ。

だが、タイムリミットが八日間となれば、話はちがう。しかも、その間に土日とタイの祝日がはさまって、手続きができるのは実質五日しかない。いろいろなコネクションを持つシャンの友人もこんな短期では手の施しようがないという。

やむを得ず、チェンマイの日本領事館を訪れ、正直に打ち明けたところ、「それならタイのイミグレーションに自首して、強制送還されるのがいちばん早い」ということになった。

簡易裁判を受け、若干の罰金を払えば、追放してくれるらしい。しばらくはタイに来られなくなるが、それは別にかまわない。

かくして、私は日本領事館員に付き添われチェンマイのイミグレーションへ自首しに行った。ところが、ここで思いがけない仕打ちにあった。担当の係官がこう言うのだ。

「俺は見なかった、聞かなかったことにしてやる。だから、メーサイかチェンセンの国境へ行って入国し直してこいや」

私は呆気《あっけ》にとられた。自首を拒否されたのだ。だいたい、タイから出られなくて困っているのに、どうして他の国境から入り直すことができるのだ。

食い下がろうとしたが（自首したいと食い下がるのもおかしな話だが）、領事館の人は、「彼は手続きが面倒だからやりたくないんだ。ここで、無理に食い下がるとかえって彼の機嫌を損ねて、話がこじれる可能性があるからやめたほうがいい」とおっしゃる。

では、どうすればいいのか？

「だから、彼が言うように、メーサイかチェンセンの国境でどうにかするんだね」と領事館員は事もなげに言った。

滞在国の役人と母国の役人がそろってそう言うなら、どんな理不尽なことでも従わないわけにはいかない。メーサイは私が不法に通過してきたミャンマーとの国境だから問題外。

結局、私は長距離バスに乗り、ラオス国境のチェンセンへと向かった。結婚式までもうあと四日となっていた。

チェンセンは四年前（一九九二年）に訪れたことがあるが、あらためて到着してみれば、記憶よりずっと小さな町であった。メコン河を国境として、ラオスと向かい合っている。

ただの旅行気分ならば、居心地のいいひなびた土地かもしれない。しかし、問題児の外国人にはちょっとひなびすぎていた。

作戦としては、メコン河の岸辺にある小舟を雇って、河をぐるっと一回りしてから、あたかも「ラオスから今、到着しました」という顔でイミグレーションを通過しようと思っていた。

しかし、メコンは思ったよりはるかに川幅が狭いうえ、町があまりに小さくて、とてもこっそり舟を雇えそうもなかった。舟の船頭はみなイミグレーションの係官と友だちだろう。もっとも、私はラオスのビザも出国スタンプもないのだから、はなから無理な作戦ではあった。

着いたのがもう夕方だったので、イミグレーション近くのゲストハウスに宿をとり、翌日に何とかしようと思った。婚礼まであと三日であった。

＊　＊　＊

翌日、私は朝一番で川辺にあるイミグレーションの小さなポストへ向かった。予想通り、見るからに垢抜《あかぬ》けない中年の係官が暇そうに雑誌をぺらぺらめくっていた。

彼の暇をつぶしてやるべく、声をかけ、前の晩に考えた「お間抜けな外国人旅行者ストーリー」を話して聞かせた。

いわく、「僕は中国に入ったんですけど、地元の人に誘われるがままに移動していたら、いつの間にかミャンマーを通過して、タイに入ってしまっていたんです……」

ことさらに哀れな顔をしてとくとくと話したら、予想通り、係官のおじさんは気の毒そうにふんふんと聞いていたが、私が「もし、入国スタンプを押してくれるなら、多少の手数料はかまわないですけどねえ……」と遠回しに買収を持ちかけたのにも反応せず、その場でチェンセンのイミグレーション本部に無線で連絡をとってしまったのは予想外であった。

ただちに、イミグレーション本部からバイクが来て、私は連行された。

本部でも同じつくり話を繰り返したところ、係官たちはいかにもウソっぽいなという顔をしながらも、面倒くさいので早く厄介払いしたいという雰囲気でもあった。

私は身なりさえきちんとすれば、普通の日本人だし、幸か不幸か顔はもともと間抜けにできている。

三時間ほども思いつく限りの「間抜けさ」と「哀れさ」を訴えた。なにしろ必死なので、今までの人生の中でいちばん外国語（ここではタイ語）が上達した三時間だったかもしれない。

係官たちが厄介払いのほうへ傾いてきて、「日本人だし、別にいいんじゃないの」という声が出だしたとき、とんだ邪魔が入った。

おばさんの係官である。

私の経験では、女性の係官はどの国でも、どの役職でも、男よりずっと融通がきかない。基本的に、どこの国も男社会なので、いったん権力を摑《つか》むと女性のほうが職務への執着心が強くなるからではないかと推察するのだが、もちろん、このときはそんなことを考えている余裕はなかった。

このおばさんは、中級の幹部くらいらしく、態度も横柄で、私を徹底的に尋問した。

そして、そのあげく、こう叫んだ。

「この男はゴールデン・トライアングルに半年もいたのよ！　オウムシンリキョウの関係者にちがいないわ！」

私はたまげた。他の係官たちも目の色を変え、ざわめきたった。オウムシンリキョウのサリン事件はタイでも有名だが、特に、指名手配されている幹部が数人、タイに滞在していたことで俄然《がぜん》注目を集めるようになっていた。そして、彼らが目撃された三カ所余りの町の一つが他ならぬこのチェンセンなのである。

「冗談じゃないですよ！」と私は、今度は本気で哀れな悲鳴をあげた。

しかし、彼らの抱いた疑惑はもっともなものだった。オウムの連中がタイ北部をうろついていたのは、やはりどう考えても、山岳地帯のトレッキングやひなびたメコン河ほとりの町を散策することが目的ではないだろう。ヘロインか武器、それしかない。

そのオウムの信者らしき男がわざわざ飛んで火に入ってきたというもんだから、大変な騒ぎとなった。おそらく、チェンセンのイミグレーションの職員は全員、私の顔を見物しに来たのではないかと思う。

こうなると、もう結婚式どころではない。私はだんだん弟を憎み始めた。

だが、おばさん係官は次にもっと恐ろしいことを言い出した。

「こいつは絶対にミャンマーで何か悪いことをやっていたにちがいないから、ミャンマーの警察に引き渡すべきだ」

私はぶったまげて、「それだけはやめてくれ。他はどうなってもいいから、ミャンマーの官憲に引き渡すのだけはやめてくれ！」と懸命に言いはった。が、その懸命さが裏目に出た。

「ほらやっぱりミャンマーで悪いことをしてるのよ」というおばさんの意見に説得力を与えてしまったのだ。

私はこのときほんとうに頭が真っ白になった。私はミャンマーが国際社会からひた隠しにしているものを細部にわたって見聞した。フィルムこそ、人に預けていたが、ノートやメモの類はすべてここにある。その中には、ミャンマーでブラックリストに載っている人々の名前や住所が片っ端から控えてある。ミャンマー政府とクンサーの癒着にも触れている。

おまけに、自分でケシを栽培して、アヘンを採集し、しまいにはアヘン中毒になったとわかれば、立派な犯罪者だ。ミャンマー政府が私をどう始末しようと国際的な人権団体からも非難されずに済む。

外国人にもお得意の拷問をするのかなあ……何年刑務所に入れられるんだろう……もしかしたらもう二度と自由の身になれないかも……弟の嫁さんを見る機会もなかったなあ、などと取り留めもなく思い描いていると、もう自分の身体が他人の持ち物になったかのように軽く感じられた。

それからどのくらいの時間がたっただろうか。

おばさんはどこか——たぶん、チェンライの中央イミグレーションと電話で話していたが、やがて不機嫌な顔をしてぷいと外へ出て行ってしまった。

と、同時に、私の座らされているデスクの上にひらひらとタイの入国カードが降ってきて、若い男の係官がそれに記入しろと言った。

信じられない思いだったが、私は何も考えずに必要事項を書き込んだ。若い男は、いたって気楽な調子で「何日にタイに入ってきたことにするか?」と訊くので、「何日でもかまいません」と答えた。すると、「じゃあ五月五日にしとくぞ」と言ってスタンプをポンと押し、パスポートをこちらにひょいと投げてよこした。夢のようだった。

「今度はちゃんと入国してこいよ」と彼は笑いながら言った。

オウムシンリキョウ→ミャンマー警察への引き渡しから、一転、無罪放免となった理由ははっきりしないが、おそらくはチェンライの中央イミグレーションに照会した結果、私がオウムの人間でないのが判明し、さらにミャンマーの警察に日本人を引き渡すなど、とんでもなく面倒な作業なので、なかったことにしようと上の人間が判断したのではないかと思う。

自首を受けつけられなかったがゆえに窮地に陥った私は、まったく同じ「面倒くさい」という理由で、逮捕、引き渡しも受けつけられなかったのであった。よほどタイの司法関係者と私は相性が悪いようだ。

かくして、ふらふらとした足どりで私は役所の外へ出た。すでに日は傾いている。極端な精神的疲労を感じていたが、私はすぐ立ち直って荷物をまとめて、出発した。

弟の結婚式が待っているのだ。

＊　＊　＊

私が東京八王子の実家にたどり着いたのは、式の前日の夜九時であった。

経験のある人も多いと思うが、結婚式の前の日というのは一種の修羅場である。私が玄関を開けると、とても人が三人しかいないとは思えない喧噪《けんそう》が響いてきた。それが私が音もなく、居間に姿を現すと、突然、時間が止まったような静けさが漂った。

そりゃそうだ、音信不通の長男が突然、式の前夜にふらっと帰ってきたのだから。一時停戦といった具合に、私の断片的な災難話（もう大昔のように感じられたが、つい一日半前は人生を一時諦めていたのだ）に耳を傾けたあと、家族は再び、大騒ぎを再開した。

私はまだ夢心地であった。

成田に着いて以来、環境の激変についていけてなかった。窓の外を眺めても、目が行くのはもっぱら田んぼや畑だった。日本の土地は化学肥料のせいか、土壌改良剤のせいかは知らないが、黒くてほくほくしていた。緑が多いのも意外だった。焼き畑で木を切りすぎているワ州より、林や森が多い。感想といえばそんなことばかりで、まるっきりワ州の村人がいきなり東京に放り込まれた状態であった。

寝床に就いても気が高ぶってよく寝つけず、朝の五時を迎えた。

また、出発だ。式は新婦の地元で行われたからだ。私はわけもわからず礼服を着せられ、新幹線に乗せられた。あまりにスピードが速いので、途中でものすごく怖くなった。

怖いといえば、もう十年以上も会ってない親戚の伯父や伯母がぞろぞろ集まってきたのも怖かった。

「ひでゆきちゃんは小さい頃はおとなしい子だったけど、まあ、みんなで集まりゃ、悪さもして……」みたいな二十年以上も前の話を持ちかけてきて、私は、空間と時間の両方が完全に頭の中で混線してしまった。

日本語も一年近く、ほとんど使ってない。ましてやお祝いの場での敬語など出てくるはずもない。一時的な失語症になってしまった。

もっとも、一年近く音信不通で、式にも出席できないとされていた長男が真っ黒ガリガリで突如出現し、しかもろくに受け答えもできないのだから、怖かったのは親戚のほうだったろう。

嫁さんの実家は三重県四日市から車で一時間以上離れた田舎である。式も今どき珍しい伝統的な儀礼であった。

私ら新郎側の人間が田んぼの真ん中にある神社の杉の木立がつくる日陰で待っていると、仲人が新婦の実家から嫁さんを連れてやってきた。嫁さんが玉砂利をしゃらしゃらいわせながら、しずしずと歩いてくる。その衣裳の派手なこと、儀礼の荘重なことに私は強いカルチャーショックを受けた。

——うちの村とはずいぶんちがうな。

それが、ワ州の村人としての私の率直な感想であった。

テレビの理不尽　「ビルマロード」世界初完全踏破の裏側

テレビのドキュメンタリーは理不尽である。

それが、この二〇〇五年三月から四月にかけて、約四十日間、撮影クルーに同行し、ミャンマー北部を旅した私の最終的な結論である。

番組のテーマは「ビルマロード」。

第二次大戦中、ビルマの援蔣ルート（蔣介石の抗日戦援助のため開拓された物資補給路）を日本軍に押さえられた連合軍が、インドから直接中国へ物資を運ぶために作った道である。

戦後は、ビルマが長らく鎖国政策をとったこと、この道が通るカチン州、シャン州、ザガイン管区北部が「反政府民族ゲリラ銀座」とでも呼べるような賑《にぎ》やかな状態であったことから外国人の通行は難しかった。

最近では政情も安定してきており、外国人も目的を明確にして許可を申請すれば部分的には旅行できるようになってきているが、全行程を踏破した者はいなかった。

今回、私たちは運良く、外国人として初めて中国国境からインド国境まで、この知られざる道を完全踏破することができた。もちろん、外国メディアとしても初めての快挙だ。

とはいうものの、実は出発前、私は「別に大したこっちゃねえな」とたかをくっていた。

そもそも、私がこのロケに同行することになったのは、同地域に詳しい人が現在、日本には私くらいしかいなかったからだ。

私はビルマロード自体、すでに三分の二ほどは通ったことがある。残りの三分の一は通ってないが、それはゲリラと一緒にいたため、政府の管理するこの道路を使えず、密林の山中を歩いて旅したからだった（詳細については、拙著『西南シルクロードは密林に消える』〈講談社文庫〉を参照願いたい）。

政府の許可さえ下りれば、全行程、車で行くことができる。悪路とは思うが、歩くことに比べれば何てことはない。

そう思って気軽に同行をOKしたのだが、テレビのロケは予想をはるかに上回る難しいものだった。

なぜかと言うと、ただ現地に行って見聞きすればいいライターの私とちがい、テレビはカメラを回して、ちゃんと映像を撮らなければいけないからである。業界用語で言うところの「絵がなきゃ話にならない」というやつだ。

あまりに当たり前すぎる話だが、私はそれを甘く見ていた。

旅が始まると、思わぬトラブルが続発した。天候不順、車や発電機の故障、地元の軍・警察・役人からの横槍、妨害、難癖ｅｔｃ。

しかし、そんなものはまだいい。何よりも「理不尽だ！」と思ったのは、そういうトラブルの類はほとんど番組制作には反映されないということだ。

例えば、私は人一倍トラブルやアクシデントに出会う「体質」だが、けっこう重宝している体質でもある。いくらそのとき辛《つら》くても、あとで文章を書くときには、すべてネタになるからだ。

特にトラブルの場合、旅する側と現場側の本音と本性がもろにぶつかり合うので、才能に乏しい私でも読み応えのある文章が書ける。

ところが、テレビの場合、トラブルはよほどのことがない限り、ネタにはならない。トラブっているときに限ってカメラが回せない、というよりテレビのロケでは、「カメラを回せない状態＝トラブル」なのである。

それがいちばん顕著にあらわれた、つまり、いちばん大変だったのは、フーコン渓谷と呼ばれるチンドウィン川流域からインド国境までの、いわゆる「ナガ山地」だった。

インドとの国境線にて。BURMA が消され MYANMAR と上書きされている

＊　＊　＊

今年は雨季が異常に早かった。通常なら、この地域もインドやタイと同様、私たちが行った三月から四月にかけては乾季の真っ盛りだ（雨季はふつう五月末か六月初めから）。それを狙って行ったのに、到着時すでに雨がゴンゴン降っていた。

ナガ山地は、主にナガという民族が住むエリアで、アジアでも屈指の秘境である。世界で最も雨の多いインド東部エリアにもかぶさっている。

ここには大小の川が無数に流れているが、その多くに橋がかけられていない。あるいは、吊り橋か竹の橋で、車の通行に耐えない。ゆえに、車は川をそのまま突っ切って走るしかない。

乾季なら水が少なく問題ないのだが、雨が降り始めると川はまさに「川」になる。中には多摩川くらいの川も平気であり、「いったい、このでかい川を車で渡れるなんてことがあるのか？」と逆に疑問を抱くほどだった。

途中でロケ車を放棄し、地元の車を何度も乗り換え、渡し舟で川を越えたが、それもナガ山地直前の町シンブイヤンまでだった。

そこから先は、川はもちろん、泥濘《ぬかるみ》もひどいらしい。さらには、インド国境まで行ったことのある車（とその持ち主、ドライバー）がない。

「あんなところへ行ったら、帰ってこられない」

そう言って、誰もが車のチャーターを拒否する。「誰もが」といっても、シンブイヤンでは車の持ち主がたった三人しかいなかったが。そんな町でマトモな車を借りること自体が無理なのである。

私たちは激しく困惑した。インド国境まで行かなければ「ビルマロード、世界初踏破」と謳《うた》えなくなる。だいたい、ここからがほんとうの秘境であり、番組的にもクライマックスなのだ。

「ゾウで行ったらどうか」と私は発案してみた。この辺ではゾウを飼っている村がわりとある。ゾウでロケ隊が進むなんて、ロマンティックではないか。

だが、「ゾウはあまりに遅い。ここからインド国境まで往復一カ月かかる」と言われ、あえなく却下された。

度重なるトラブルのため、ただでさえキツいスケジュールがどんどん遅れており、もう「一日でも早くロケを終了させなければならない」という状況に追い込まれていた。ディレクターTさんの言葉を借りれば、「ゾウを探す時間すら惜しい」のである。ロマンもへったくれもない、クソリアリズムの世界だ。

結局、町でうだうだしているバイクタクシーを十二台、まとめてチャーターし、スタッフ（日本人四名、ミャンマー人三名）と機材を分乗させることになった。

バイクタクシーの起用は冒険だった。車が通行できない悪路（しかも山岳地帯）をバイクで二人乗りするというのは常識的に考えて危険だ。誰かが大怪我でもしたら取り返しがつかない。カメラなど機材が壊れてもアウト。その時点でロケは終了してしまう。

しかし、他に方法はない。ディレクターもカメラマンも辺境歴は私より長いという強者《つわもの》だ。

「これでやろう！」と決心した。

＊　＊　＊

私たちは十二台のバイクに便乗して、前代未聞の辺境バイクロケを敢行した。

バイクはどれもこれも、タイやベトナムの町で女の子がよく乗っている「ホンダ・ドリーム」を中国人が丸ごとコピーしたやつで、しかもボロい。

予想通り、しょっちゅう壊れる。パンクとかエンジンがかからないなんていいほうで、車軸が曲がったり、チェーンが切れたりという、ちょっと普通では考えられない故障を連発する。

しかし、予想に反して、バイクの兄ちゃんたちはこの手のトラブルに慣れていた。工具一式を持っており、どんな故障でもなんとかかんとか直すのである。

チェーンが切れたときすら、マイナスドライバーを鑿《のみ》代わりに用い、石でガシガシ叩いて元通りつないでしまった。その光景はほとんど石器時代だったが、文明の届かないこの世界では石器時代の強みを感じさせた。

行きは天気がよかったこともあり、わりあいスムーズに進んだ。一泊二日で目標であったインド国境のパンソー峠に到着した。

パンソーとは現地の言葉で「いつも霧がかかっている」という意味らしいが、その言葉通り、一日中、ほぼ霧に包まれるか雨が降っていた。そして、ときどき、「人食い竜が棲《す》む」と恐れられている湖が霧の彼方にうっすらと現れるという、たいへん神秘的な土地でもあった。

かなり満足した私たちだったが、問題は帰りだった。

「一日でシンブイヤンまで一気に帰らなければいけない」と、ミャンマー人のコーディネーターが言うのだ。

「え、そりゃ無茶だ！」

私たち、みんながそう思った。たしかに行きは撮影をしながらだから余計に時間はかかったが、それでも二日とも日没ギリギリで村に着いたのだ。

しかし、私たちの反対は通らなかった。実は、行きに一泊した村で、現地を仕切る役人に「書類上のスケジュールとちがう」と難癖をつけられていた。この種のクレームは今回の旅では日常茶飯事だったから、それ自体は別にどうということはない。だがヤンゴンから「お目付け役」として随行していた観光省の役人が、その現地役人と大喧嘩してしまっていたのがマズかった。

「だから、あの村ではもう一泊もできない」とコーディネーターは言う。このコーディネーターは広い人脈を持つうえ、交渉上手で、相当困難な場面を何度となく乗り切った凄腕《すごうで》の男だった。彼が厳しい顔でそう言うのなら、ほんとうにダメなのだろう。

しかたなく、私たちは、日の出とともに国境を出発、一気にシンブイヤンまで突っ走ることになった。

しかし、状況は最悪。ここしばらく降り続いた雨で、道は行きの三倍も荒れていた。さらにこの日も朝からずっと雨が降り続いている。ぬかるんだ場所でバイクがスタックする。坂道では私たちはバイクから降りて、バイクのケツを押して走る。

びしょぬれで体の芯から冷えあがり、震えが止まらないが、常に集中して路面を見ていなければならない。バイクの道筋を読んでバランスをとらなければいけないからだ。ナガ山地は山蛭《やまひる》の猛烈に多い地域で、私たちは常に体を這《は》い上がってくる蛭の群れに悩まされていたが、冷えと疲れで、それも気にならないほどだ。

ただでさえボロいバイクは、ますます故障の頻度が高まってくる。ドライバーの兄ちゃんたちも疲労が蓄積し、集中力を欠いてくる。

それでもなんとか日没までに町に着かねばならない。夜になったら、山道はもっと危険だからだ。バイクのライトは弱く、中にはライトが点かないものさえある。

もはや、撮影どころではない。私たちは必死に前進を続け、日が落ちる頃、ようやくナガ山地最後の斜面を下り出した。もう町まではあと十五キロ程度だ。

ホッとしかけたとき、事件が起きた。それも例の「体質」からか、私の身の上にである。

＊　＊　＊

他のバイクも多かれ少なかれそうだったが、私の乗っているバイクは、急な下りが続き、前ブレーキがあまり利かなくなっていた。使いすぎでブレーキパッドが磨り減っているのだ。そこで、運転手の兄ちゃんはギヤをローに入れ、エンジン・ブレーキを多用していた。

ところが、突然、バチッ！　という激しい音がした。チェーンが切れた音だった。兄ちゃんは慌《あわ》てて後輪ブレーキのペダルを踏んだ。すると、あろうことか、ペダルが根元からポキリと折れてしまった。前ブレーキはすでにまったく利かない。

バイクに付いている三つのブレーキが同時に全部利かなくなるという、ギャグのような事態だ。

ニュートンの発見した法則を証明するかのように、バイクは猛烈な加速度で急坂を転げ落ちていく。

　私はそのとき、バイクに何が起きたのかまったくわからなかった。だが、異常なスピードと兄ちゃんの慌てぶりからこのバイクがもう止まらなくなったこと、坂の行く手にはカーブがあり、その向こうには巨木が立ち並んでいること、そして、このまま行けばカーブを曲がりきれず巨木に勢いよく正面衝突することはわかった。

　日頃、優柔不断で知られる私だが、このときばかりは「これは死ぬ！」と瞬間的に判断した。次の瞬間、私は後部座席から後方にジャンプしていた。

　地面に落ちた私は、まるでスキーで転んだときのように、何がどうなってしまったのかわからないような感じで、二、三回転した。

　気づくと、私は土の道の上にぺったり座り込んでいた。あれだけ激しく転がったのに頭は打っていない。立ち上がってみても、膝と右腕が少し痛む程度だ。右の手のひらから出血していたが、傷はさほど深そうではない。

　よほどうまく転がることができたらしい。周囲に岩や大きな石がなかったのも幸運だった。とにかく、「ラッキー！」としか言いようがない。

　私はまだ全身が痺《しび》れたような感じがしたまま、後ろからやってきたカメラマンのＹさんに付き添われ、ゆっくりと歩き出した。

　しばらく行くと、私の乗っていたバイクがカーブを曲がったところで横転しており、運転手の兄ちゃんが左腕を押さえてうめいていた。

六十キロもある私が飛び降りたことで、軽くなったバイクはなんとかカーブだけは曲がり、そのあとスリップして転倒したようだ。

意図的にやったのか、偶然そうなったのか、兄ちゃんは転倒寸前でバイクから体を離し、下敷きになるのを免れたらしい。ただ、腕がひどく腫れあがっていたから、骨にヒビくらいは入っていそうだった。

バイクはブレーキもチェーンも切れ、ハンドルも車軸も曲がって、とても乗れたものではない。運転手の兄ちゃんは痛みに歯を食いしばりながら、それでもバイクを修理しようとしていた。その石器時代的根性には感心したが、ブレーキが利かなくて急坂を転げ落ちるなんて石器時代的な事故にはもうこりごりだ。ハリウッド映画ではよくやっていることだが、生身でやらされてはかなわない。

私はYさんに付き添われて山のふもとまで歩き、そこから別のバイクの後ろに乗って、もう真っ暗になってはいたが、平坦で状態もよい道を走って、町にたどり着いた。

＊　＊　＊

ここで話が終わりそうだが、まだもう一波乱あるのが私の「体質」である。

私の事故は、日本人スタッフを騒然とさせたが、ミャンマー人スタッフの私への反応がどこかおかしい。

しきりに、「今日は冷えたビールが飲めるぜ、いえー!」と無理な歓声をあげてみたり、「もう怖くないよ。大丈夫だよ」と子どもに言い聞かせるように慰めてみたり、「いやあ、いい体験したよな、うん」と笑って肩を叩いたり。

何かこの事故を「なかったこと」として終わらせようとしている節があるのだ。

しばらくして、その理由がわかった。私のバイクの運転手がこう言っていたのだ。

「後ろの日本人が急坂を怖がって突然飛び降りたので、オレはバランスを崩して、スピードも出ちまった。そしたら、チェーンが切れて、ブレーキペダルも折れた。まったく冗談じゃねえよ……」

つまり、臆病で間抜けな私のせいでこんな事故が起きたということになっていたのだ。冗談じゃないのはこっちだ。あんなB級アクション映画みたいな目にあいながら、加害者にされるとは……。

だいたい、私がトッサに飛び降りたから、カーブをなんとか曲がって巨木正面衝突を避けられたかもしれないのだ。

少なくとも、私が後ろに乗ったままなら、彼だって、急激なスリップの際、私の体が邪魔になって、バイクから体を離せなかった可能性が高い。その場合、彼も私もバイクの下敷きで、手足の骨を二、三本折っていただろう。

おおかた、バイクの持ち主に言い訳するために私のせいにしたいのだろうが、恩を仇《あだ》で返しやがって。

私は激怒して「ほんとうはちがうんだ！」と説明したが、残念なことに、事故の目撃者が誰もいない。前のバイクはもちろん後ろなんか見てない。後ろのバイクにいたYさんも、私が派手な回転を終えて道路にぺったり座り込んで放心している間抜けな姿を発見しただけだという。

このまま、「タカノ＝バカな奴」説が定説になりかけたとき、私の無実を証明する出来事が起きた。

＊　＊　＊

私は、腹を立てながら、右の手のひらにできた切り傷に消毒薬を塗っていた。すると、泥や血を取り除いたあとに何か微細だが異物が見える。細かい砂利のようなものが、傷口に入り込んだらしい。

私はそれを最初、脱脂綿で拭き取ろうとしたが、取れない。他の人から、小さな毛抜きを借りてきてつまんだが、やはりダメ。

利き腕ではない左手でやっているせいかと思い、ディレクターのTさんに頼む。すると、石は思ったより大きいようで、毛抜きではつかめない。VE（音声）で機材担当の

I君が修理用の「やっとこ」を持ってきてくれる。今度は、それで突《つっ》くが、流血はひどくなるいっぽうだ。

この町にいるたった一人の医者は先月から「旅に出ている」というし、看護婦さんに来てもらっても、Tさん以上に手つきがおぼつかない。

手をこまねいているところに、助っ人が登場した。軍で武器のメンテナンスを専門にやっているというエンジニアだ。

彼は、さすが軍のエンジニアだけあり、手先が器用で感情的にもドライであった。情け無用とばかり、やっとこを私の手のひらの肉にぐいぐい突っ込んでかき回す。ぷりぷりした肉から血が吹き出し、壮絶な光景だ。

日本人スタッフもそうだが、もっと驚いたのはミャンマー人スタッフだ。

「うわっ！」「ひぇーっ！」と悲鳴をあげて、手で顔を覆う。

軍のエンジニアがさんざんこねくり回し、最後に傷口を強引に開き、やっとこで引っ張ったら、ポロッと石が飛び出た。

それを見た私たちは、「おおおー！」という声をあげた。

石がついに出てきた感動と、石が想像以上にでかかった驚きの声だった。

石は鋭角な五ミリ四方のもので、銃弾を二回り小さくしたくらいだ。

こんなでかい石が一瞬のうちに私の薄っぺらい手のひらに埋まってしまい、私もそれに気づかなかったのだ。

この石を見て、誰もが瞬時に私の受けた衝撃がいかに凄かったかを理解した。同時に、私が飛び降りたときは、もうバイクが大変な状況になっていたことも証明された。よほどスピードが出ていない限り、バイクから飛び降りただけでこんな衝撃は受けないからだ。

ようやく、私は無実の罪から解放された。そればかりか、戦場のような、麻酔なしの手術にうめき声一つもらさずに耐えたということで、ミャンマー人スタッフから驚嘆され、「タカノさん、サムライ！」「007みたいだ！」と呼ばれることになった。

実を言えば、この石摘出は視覚的にはものすごかったが、なぜかあんまり痛くなかった。自慢じゃないが、私は痛いのとか怖いのは大の苦手で、ほんとうに痛かったら、もう恥も外聞もなく、「ギャー」とか「死ぬー！」とか「お願いだからやめてえ！」などと大げさに悲鳴をあげているはずである。

手のひらが痛みに強い部分なのと、まだ患部が半分マヒしたような状態だったためかもしれない。しかし、せっかく彼らが尊敬の念を抱いてくれているのだから、それを邪魔するのは野暮ってもんだ。私はしたり顔で、「サムライ！」と呼ばれるたびに、「ウム」と重々しくうなずいていた。

石を摘出したあと、日本人スタッフが「他にもまだ気づいていないケガがあるかもしれない。調べたほうがいい」と言うので、私はパンツ一枚になった。

そこで、一同が再び「うわっ！」と叫んだ。ヘソの周辺と、背中が血まみれになっているからだ。慌てて、傷を探したら、何もない。

この日、蛭に吸いまくられ、止まらなくなった血のようだ。ただし、吸った蛭の姿は見当たらない。

「ケガだか、蛭だかわかんないよ。まぎらわしいな……」

私がボヤいているとき、また別室で「うわっ！」と叫ぶ声が聞こえた。今度はVEのI君だ。

見ると、床一面に鮮血が飛び散っている。

「すんげえでっかい蛭を踏んじゃいました」

I君がため息をついた。

「これ全部、高野さんの血ですね……」

ここでようやく、みんなの口元がゆるみ、「参っちゃうなあ、もう……」と笑い出したのだった。

……てなことがあったのだが、放映される番組では何一つ映らないはずだ。撮影していないのだから当然である。

こんなにおもしろい話がネタにならないなんて、テレビはほんとうに理不尽である。

そして、こんなおもしろいことをいくらでも書けるライターでほんとうによかった！　と私は心から喜び、御礼の言葉に代えさせていただきたいのであった。

ミャンマーのゾウに乗って

乗り物——牛とゾウという乗り物

ミャンマーにはユニークな乗り物がいろいろある。「サイカー」という自転車の横に木製の座席を取り付けた三輪車はいかにもミャンマーらしい素朴さだし（これはイギリスのサイドカーを真似して、似た名前を付けたもの）、馬車をふつうに現役で使っている国もあまりないだろう。

農村部に行けば、さらにユニークな乗り物がある。でも、それを乗り物と呼んでいいのかどうか微妙だ。

まず、牛車。私は情緒をこめて、「ぎっしゃ」と発音している。

牛車は、二頭立ての牛が大八車のような荷車を引っ張っているものだ。田舎では、竹や木のような建築資材から野菜や米などの農産物、ニワトリやブタなどの家畜に至るま

田舎では牛車は最も ポピュラーな乗り物

客を待つ「サイカー」の運転手たち。客の争奪戦はない

で、なんでも運ぶ。自動車はなくても牛車はあるという土地が、少なくとも私が訪れた二〇〇二年にはシャン州やカチン州などにはいくらでもあった。長雨があがった直後、牛車で狭い道が渋滞しているのに出くわしたこともある。

一度だけ、この牛車に乗ったことがある。御者が竹のムチで牛の背中を叩く。それがアクセルだ。右の牛だけ叩くと、その牛が速くなるため、車は左に曲がり、左の牛だけ叩くと逆になる。

牛車は遅いため、夕方に出発したらたちまち日が暮れてしまった。でも、牛は夜目が利くらしく、暗闇でもまったく迷いなく進む。御者も同じくらい夜目が利くようで、やはり暗闇の中、道が枝分かれしているときも、ちゃんと牛を誘導する。

荷台に寝そべると、星空の中に落ちて行きそうな気がする。起きてちゃんと座ると、今度は、逆に闇夜の中で牛車ごと星空にどんどん浮遊して行く。まさに「銀河鉄道999」の世界である。

しかし、この牛車、重大な欠陥があった。アクセルとハンドルはあってもブレーキがないのだ。下り坂になると、突然、重力に身を委ねてジェットコースターのように転がって行く。真っ暗闇なのでその怖さといったらない。実際、一度は坂を思い切り転がり落ちたあげく、土手に乗り上げて横転した。

いっぽう、上り坂にさしかかると、牛は疲れて、すぐに立ち往生してしまう。ブレー

ゾウは何回見ても感動してしまう。つい乗ってしまう

キもないがパワーもない。あまりに進まないので、「馬力がねえな……」と舌打ちしたが、考えてみれば、牛に馬力を求めてもしかたない。私が間違っている。

間違っているといえば、ゾウに乗ったのも間違っていた。カチン独立軍にはゾウ部隊というのがあり、ゾウ部隊所属の兵士が上に乗って、物資や銃弾などを運んでいる。ジャングルの行軍に疲れ果てた私と相棒のカメラマンは彼らに頼み、三日ほど、ゾウに乗せてもらった。

ゾウを乗り物にするのは、いろいろと問題がある。一つはものすごく揺れること。ゾウ本人は静かに歩いているつもりらしいが、なにしろ巨大なので、ぐらんぐらん、前後左右に揺れまくる。二十分もしないうちに気持ちがわるくなった。「ゾウ酔い」である。二、三時間もすると、揺れには慣れたが、今度は眠くなる。これがまた危険だ。尖《とが》った木の枝や竹が顔に刺さるので絶対に寝てはいけないのだ。私はうとうとしているとき、竹で目の横を切ってしまった。

危ないのは竹や木の枝だけではない。ゾウの上に大きな籐《とう》のカゴがあり、荷物も人もその中におさまっているのだが、ゾウの上は揺れるからしっかりカゴにつかまっていなくてはいけない。でも、眠くなって手がゆるむと、一瞬で外に放り出される恐れがある。ゾウの背中から地面に落ちるだけでも大怪我をする可能性があるうえ、道はしょっちゅう川辺の崖っぷちのような道を歩く。崖から落ちたら命はない。

もう一つ、欠点がある。ゾウは生き物だ。ときには上り坂でいかにも苦しそうにペースを落としたり、ぬかるみに足をとられることもある。そんなとき、車なら何も考えないだろうが、なんせ生き物なので、思わず「頑張れ！」「あと少しだ」などと心の中で声をかけ、応援疲れしてしまう。

ゾウが疲れてきたり、腹を空かせて勝手に野生のバナナに鼻を伸ばし、歩くペースが遅くなると、ゾウ使いが容赦なく刀の峰でゾウをぶっ叩くのにも参った。ゾウはその都度、「ぱおーん！」と悲鳴をあげる。可哀想ということもあるが、いつかゾウがぶち切れ、反乱でも起こすんじゃないかという心配までしてしまうのだ。

もちろん、地元の人たちは私のようなバカな気疲れはしてないが、「歩くのが遅い」という理由だけで、ふだんはゾウを乗り物としては使わない。使うのは、病人を運ぶときと、それから増水した川を渡るときだけだ。

橋もないから、体が大きくて体重のあるゾウに頼るしかない場所がいくつもある。渡し舟ならぬ「渡しゾウ」だ。まあ、これなら「個性的な乗り物」と呼んで差し支えないかもしれない。

野生動物――ヤマアラシの肉はかたかった

ミャンマー北部は、世界でも有数の熱帯雨林地帯なので、野生動物は豊富だ。

といっても野生動物は人を恐れるので、ジャングルを歩いていても滅多にお目にかかる機会はない。生きている野生動物（哺乳類）はサルくらいしか見たことがない。

狩りの獲物としてなら何度か出会っている。特に印象に残っているのは、ヤマアラシとコタケネズミだ。どちらも私の胃袋におさまった。

ヤマアラシは二回出くわした。初めは一九九七年、シャン州東部のワ人居住地域、通称「ワ州」の村にいたとき、二回目は二〇〇二年、カチン州の森をカチンのゲリラと歩いているときだ。

日本の動物園で見るヤマアラシは全身が長くて鋭い針で覆われているが、ミャンマー産のは少しちがう。頭から前足のあたりまではイヌのような普通の毛なのだが、胴体の真ん中あたりからだんだん毛が太く堅くなっていき、体の後ろ半分は細めの象牙《ぞうげ》のような質の「針」になっている。毛から針への自然な変化がおもしろく、何度さわっても飽きなかった。

肉の味は――たいていの野生動物の肉がそうであるように――「かたい」という以外に特徴はあまりない。

肉よりも、カチンで食べた「肝」が印象によく残っている。無口な少尉が私に分けてくれた。

すごく苦いのだが、「万病に効く薬で、体が疲労したときの栄養補給になる」とのこ

市場で焼酎を売ったり飲んだりしているカチンの人たち

田舎では、旅回りの芝居を夜通しで見るのが最大の娯楽

と。私はそのとき、ものすごく疲労していたので、気をつかってくれたようだ。

ちなみに、このヤマアラシの肝は、かつてカチン人の若い男子に必携のものだったという。カチン人は結婚するまで性交渉をしてはいけないことになっているが、実際には若者たちは盛んに恋をしていた。それで、万一、女の子を妊娠させてしまったとき、この肝を飲ませた。妊婦が飲むと流産してしまうという。つまり、堕胎薬である。

「今でも使っている若者はいる」とのことだ。

コタケネズミは、カチン州の森を歩いているときにゲリラ兵士が見つけて追いかけ、最後に銃で捕らえたのを見た。「地面の下で暮らす」というし、目がつぶれかかっているように見え、尖った顔に二本の歯がいかにも「モグラ」という感じだったので、てっきりそうだと思っていたし、『西南シルクロードは密林に消える』にも「モグラ」と書いてしまったが、あとで読者に指摘されてコタケネズミと判明した。

思い返せば、モグラが昼間から地面の外をのこのこ歩いているわけがないし、モグラより体がずっと大きかった。ネコほどもあった。

毛皮の美しさにも目を瞠《みは》った。ほとんどの時間を土の中で過ごしているくせに、銀色でつややか、まるでミンクのような手触りなのだ（モグラの毛皮も似たようなものらしい）。

コタケネズミはタケの根っこを常食しているといい、地元の人は「コタケネズミのいそうな竹林」を知っているという。とはいえ、コタケネズミもそんなに美味いものでなく、腹の減った兵隊くらいしかわざわざとらないようだ。

このとき私に同行していたゲリラの軍曹は、「昔、コタケネズミのために両親が大変な目にあった」と語った。

なんでも、ある飢饉《ききん》の年、やはりゲリラの将校だったお父さんとお母さんが食べ物を探しに森へ入ったとき、竹林でコタケネズミが顔を出しているのを見つけた。お父さんは軍服の懐から拳銃を出して撃とうとしたらそれが暴発、なんと弾がお母さんの腰を貫通してしまった。政府軍と戦っているときで病院にも行けず、お母さんは薬草だけで傷を治したが、起き上がれるまでに半年かかったという。すさまじい話だ。

もう一つ、ミャンマーの野生動物で思い出すのはゾウであろう。ミャンマーの森を歩いていると、よくでっかいゾウの糞が転がっているのに出くわすが、家畜ゾウか野生ゾウか、糞だけでは判断がつかない。

だが、インドとの国境にそびえるパッカイ山脈という標高二千メートル近い密林地帯でゾウの糞を見つけたときは、野生のものだとわかった。この辺に集落などないからだ。

しかし、それでも「こんな標高の高いところにゾウがいるのか」と不思議に思った。ゾウはふつう低地を好む。私は何度も乗ったことがあるから知っているのだが、ゾウは巨体ゆえにアップダウンを苦手とする。山なんか登りたがらないはずなのだ。

あとで知ったのだが、ミャンマー側に棲むゾウの群れが毎年、ある季節になると、パッカイ山脈を越えてインド側に移動する。そして、また、ある季節になると、再びミャンマー側に戻る。これを「エレファント・イミグレーション」と言い、東南アジア専門の動物学者の間でも謎の行動とされているそうだ。

イミグレーションは「移動」の意味だが、インドとミャンマーの国境を行き来するわけだから、「出入国」の意味にもとれ、おもしろい。

私もゾウたちと同じようにパッカイ山脈を越えてインド側に渡ったら、大変なトラブルに遭遇した。いろいろやむを得ない事情があったとはいえ、ビザを持たず、勝手にジャングルを越えたため、あとで密入国者と認定されてしまったのだ。今でもインドに入国できないのはそのせいである。自由なゾウたちが羨ましい。

雨季——道が川になるミャンマーの雨

この国を旅するとき、真っ先に考えなければいけないのが、その時期が雨季か乾季かということである。

他の東南アジア諸国やインドと同様、ここも五月の終わり頃から九月くらいまでは盛んに雨が降り、十月から五月中旬まではカラカラに乾いている。

なにしろ、インフラがさっぱり整っていないだけに、雨季になると、通行できない道

自転車の空気入れを自動車に使っていけないという法律はないが…

が続出する。舗装されていない道路が雨でぐちゃぐちゃになるだけではない。もともと川に橋がかかっていない場所は、雨で増水すると、いきなり渡れなくなるのだ。

二〇〇五年、中国の瑞麗《ルイリ》からインド国境まで、いわゆる「ビルマロード」を車でたどったときは、突然、道路が大河の中に消えていた。

この年は、雨がいつもより早く降り出したために、川が増水していたのだが、それにしても、「え、ここ、車で渡れるところだったの?」と驚いた。それほど大きな川になっていたのだ。

そのときはしかたなく、車を捨て、渡し舟で向こう岸に渡った。渡ったはいいが、次に乗る車がない。いや、トラックが一台だけあるのだが、そのドライバーがとんでもない料金を吹っかけてくるのだ。

どういうことか。聞けば、ここから数キロ先に別の川があり、そこもまた増水して渡れなくなってしまっていた。このトラックは本来、ビールや米などの物資を運んでいたのだが、片方の川を無理して渡ったはいいが、もう片方の川が渡れず、「じゃ、引き返そうか」と思ったら、行きに通った川がさらに増水してもう無理をしても渡れなくなった。つまり、川と川の間に取り残されてしまった。

それが二週間前だというからマヌケにも程があるが、転んでもタダでは起きないのがミャンマーの人である。「たった一台、取り残された」ということは、その区間の輸送

籐を積みすぎたのか、エンコしてしまったトラック

雨季の増水時には速やかに流されるようになっている気楽な竹の橋

を独占できるということで、荷物を下ろして、にわかに二つの川の間をピストン輸送することにした。独占だから、運賃も「言い値」だ。私たちも、結局は大金を払ってこのトラックに乗った。ドライバーは、災い転じて大儲《おおもう》けである。

まあ、でも、車なら、増水した川にさえぎられても、途中で悪路にはまって動けなくなっても、なんらかの脱出方法はある。通りがかった役人か金持ちの四輪駆動車に乗せてもらうとか、船に乗り換えるとか。

どうにもならないのは徒歩での移動だ。中国国境からインド国境まで、雨季のジャングルを歩いたときはほんとうに辛かった。濡れると体が冷えるし、地面がどろどろぐしゃぐしゃだから座って休めない。そこら中から蛭が体を這い上がってきて、まさに泉鏡花『高野聖』の世界そのままだった。

陸路での移動なら、雨季が要注意だが、水路、つまり船で川を移動する場合は逆になる。雨季は水が多くていいのだが、乾季は水が少なくて、運航できなくなったり、運航できても浅瀬に乗り上げる危険が生じるのだ。

また、危険なく運航できる状態でも、乾季は船旅の敵だ。水が減るため、蛇行が極端に増え、走行距離が二倍以上に膨れ上がることすらある。時間が倍かかるだけでなく、自分で船を雇った場合、ガソリン代がかかるし、金があってもガソリンが途中で尽きてしまったりもする。ほんとうに油断できない。

現地に住んでいる人にとって、雨季と乾季のどちらが好きかというと、これまた微妙である。

乾季は作物が育たないし、飲み水にも不自由するので、みんな雨季が来るのを待ち望んでいる。

しかし、いったん雨季に入り、雨がざんざん降り始めると、今度は体調を壊したり病気になる人が格段に増える。ずぶ濡れになって風邪を引きやすくなるだけではない。雨は「生きとし生けるもの」に満遍なく恩恵をもたらすため、蛭や、蚊、ブユ、サソリなどの虫が激増し、病原菌も活性化する。〝自然との共生〟は大変なのだ。

さらに、雨季の終わりが収穫期であるため、雨季の最中にちょうど食糧がなくなる、いわゆる「端境期」となる。栄養不足で抵抗力が下がれば、病気にかかりやすくなり、病人は命を落としやすくなる。雨季の村人は、乾季を待ち望んでいるようだ。

現地の人にとっても、旅行者にとっても、いちばんいい季節は、十一月か十二月だろう。この時期は確実に雨季が終わっている。そして、すでに道路のぬかるみは消えている。道路をさえぎる川の増水は終わっているし、かといって、まだ減水しきってないので、船旅にも心配はない。

季節はカラッと晴れ、気温も下がって、過ごしやすい。そして、何より食糧が豊富だ。食糧が豊富なときは、人にも余裕がある。祭も多く、最も楽しい季節である。

服――リラックス・タイムはやっぱりロンジー

ミャンマーの服といえば、誰もがあの腰巻きを思い浮かべることだろう。

一般にロンジーと呼ばれているが、正確には男ものがロンジーで、女ものはタメインという。男は上に着ているシャツをロンジーの中に入れ、女性はタメインの外に出すのが習慣だ。

私は初め、それを知らず、シャツを外に出して、「着流し」気分を味わっていたら、友人たちから「おかま」と笑われた。

グローバル化のこの時代、いまだに何百年も前からの民族服を着続け、それが政府の役人や富豪から山奥の少数民族の村人まで、誰もが同じように着こなしているというのだから、それだけで十分驚きなのだが、国家がそれを強要しているわけでもないのに、みんなが着用しているというのがなお凄い。

実際、テレビでも映画でも、人気のある俳優やミュージシャンはみんな、スクリーンの中ではジーンズやズボンなのである。ふつう大衆、特に若者は、あこがれのスターの格好を真似したがる。しかも、街の道端でジーンズなんかもよく売っていて、値段もそんなに高くはない。誰も彼もジーンズかコットンパンツに乗り換えても不思議ではないのに、いまだにロンジーが軍事政権並みの絶対多数を維持している。

あるとき、ヤンゴンのタクシーのドライバーに「どうして、みんな、映画や音楽のスターの真似をしてジーンズをはかないのか?」と訊いてみたら、「だって、ロンジーは安いし、洗濯してもすぐ乾くし、便利じゃないか」という答えがかえってきた。

「あこがれ」よりも「実用性」らしい。

たしかにロンジーの便利さには瞠目《どうもく》すべきところがある。田舎では、地元の人たちがよくロンジーのまま川や井戸端で水浴びをする。終わると、別のロンジーにはき替え、濡れたやつはその辺に広げる。日が出ていれば、ものの十五分で乾いてしまう。

水のないところもオーケーだ。私の友人はこう言っていた。

「ロンジーは前が汚れたら、後ろにして、前も後ろも汚れたら、裏にひっくり返す。いくらでも使える」

まるで、昔、日本の独身男がパンツをはくときに使ったような手だ。

私たち外国人がロンジーをはくと、結び目がすぐゆるんだり、裾が足にからまったりで、とても野外活動には使えないが、ミャンマーの人たちは平気で農作業をやるし、ロンジーにサンダル（もしくは裸足）というスタイルで、山の中を飛ぶように走る。昔の日本人が和服でなんでもこなしていたのと同じである。

和服といえば、今や私たちは外出に和服を着ることはほとんどなくなったが、いまだに屋内では廃れていない。ホテルや旅館では浴衣を用意しているし、病院でも患者は和式が多い。日本人は和服でリラックスできるという性質を持っているらしい。

ミャンマー人とロンジーも同じだ。私が出会ったミャンマーの若者の中には、ジーンズやハーフパンツをはくおしゃれ者もけっこういたが、彼らも家に帰ったり、宿に荷を下ろすと、例外なくロンジーに着替えた。

ロンジーに着替えると、みんな、明らかにくつろいだ顔をしている。ミャンマー人はロンジーをはかない間は心底リラックスできていないんじゃないかという気すらする。

ミャンマーで唯一、ロンジーを着用しないのは軍人（兵士）である。それゆえ、私の友人のイギリス人作家、アンドリュウ・マーシャルは『ズボンの人々』（未訳）なるミャンマー紀行を書いた。ズボンの人々＝軍事政権がいかに悪い奴らかと皮肉った題名なのだ。

もっとも、ロンジーをはかないのは政府軍だけでなく少数民族のゲリラも同様だ。つまり、「ズボン＝軍人（兵士）、ロンジー＝民間人」という図式が成り立っているわけだ。

しかし、軍人（兵士）でも勤務が終わればロンジーにはき替えるのが普通だ。少なくとも、ゲリラの兵士たちはそうだった。民間人に戻るのである。彼らにとっても、軍人（兵士）でいることは決して自然なことではないのだろう。

津々浦々までロンジーが行き渡っているこの国だが、唯一シャン州だけが、多少なり

川辺に暮らす漁師の子と犬

とも「非ロンジー」の気分を持っている。シャン州では大都市ヤンゴンよりずっとズボンの普及率が高いのだ。若者はジーンズをはいている者のほうが多いくらいだ。

これはシャン人の「反ミャンマー・シャン民族主義」の気風が少なからず反映されているように思う。というのは、シャンには「シャン・パンツ」と呼ばれる伝統的なズボンがあるのだ。厚手の綿でつくったゆったりしたズボンで、柔道着の下によく似ている。バギー・パンツの一種という言い方もできる。

私もはいてみたことがあるが、これは動きやすくてよかった。柔道着と同じなんだから、当然激しい動きにも耐えられるし、あぐらをかいたり昼寝をするにも最適だ。

しかし、残念ながら、シャン・パンツは今は一部のシャン人しか使用してないようだ。やっぱり「古臭い」「田舎くさい」と思うらしい。で、若者はシャン・パンツの発展形に見えないこともないジーンズに移り、年配者は落ち着いたスラックス系のズボンを好むようになったのではないか……と私は推測している。

もっとも、彼らシャン人も、家に帰るとやっぱりロンジー姿になってしまう。やはり、こっちのほうが何かと便利でくつろぐらしい。

イデオロギーをいくら強制してもダメだというのはミャンマーの政治を見ていればわかるが、便利さは強制しなくても自然とそちらへ流れることをロンジーは教えてくれる。

酒――草葺き屋台で飲むヤシ酒の味

ミャンマーの旅は不自由さといつも背中合わせだ。電気がない、車が来ない、飛行機のチケットが買えない……と、「ないないない尽くし」だが、なぜか酒に不自由な思いをしたことがない。

都市部ではビール。かつて、そう、私が最初に訪れた十五年以上前には「マンダレービール」しか見なかったような気がする。当時、私はあまり酒を飲まなかったので、美《う》味《ま》かったかどうかよくわからなかったが、「東南アジアでも屈指の伝統と味を誇るのだ」と地元の人やミャンマー通の日本人に聞いた。

現在、昔を知る人は、「マンダレービールも味が落ちた」と嘆くが、そもそもマンダレービールを見なくなった。今、レストランで頼む瓶のビールも、食料品店で売られている缶ビールも、もっぱら「ミャンマービール」だ。

今やすっかり酒飲みとなった私は、もちろん機会があるだけビールを飲んでいるが、ミャンマービールにしても、たまに飲むマンダレービールにしても、さほど味は変わらないように思う。タイのシンハーみたいなガツンとくる感じもないが、かといってラオスのビアラオのように、スカーッという軽やかさでもなく、ともに、適度なコクと適度な喉越しが持ち味で、すごくオーソドックスな安定感がある。この国でいちばん安定感があるのはビールじゃないかとさえ思える。

いっぽう、ビール以外の国産酒にはウィスキーとラムがある。ともにビールに飽き、次に移ろうとしたとき、他に何もないからしかたなく飲むという代物だ。

ウィスキーは味が尖っていて深みも香りもないが、一瓶二百円くらいだから文句も言えない。それに、もっと「美味いウィスキーを飲みたい」と輸入もののスコッチやバーボンを無理して買っても、ほとんどニセモノだからもっとひどい目にあうだけだ（一泊一万円くらいする高級ホテルのバーなら本物が飲める）。

ウィスキーはどれもこれも似たり寄ったりの味だが、ラムは銘柄によって、質がちがう。ウィスキーよりもずっと美味くて、「おー、これは！」と思ったものもあるし、えらくまずく、「うー、なんだよこれは！」と思ったものもある。

ただし、私はラムを飲むとしたたかに酩酊《めいてい》するので、さっぱり銘柄を覚えることができない。「これが『おー』のラムだよな」と思って買って飲むと、「うー」であることが多い。うまく「おー」を引き当てたときには嬉《うれ》しくて飲み、また「うー」に当たってしまったときはヤケ飲みするので、結局酩酊してうやむやになる。メモでもとれば簡単な話なのだが酔っ払いにはそれができない。

ビールをのぞけば、市販の酒より、地方の地酒のほうがよほど美味い。

ヤンゴンからモウラミャインに行く道中では、ヤシ酒を瓶に詰めて売っている屋台を何度か見た。見ただけでなく、寄って、一口飲んでもみた。アフリカ・コンゴのヤシ酒と同じ味だ。カルピスサワーに、若干の酸味とピリピリした発泡感を加えた味とでも言おうか。韓国のマッコリにもよく似ている。

暑い車での道中に、草葺《くさぶ》きの屋台でやるヤシ酒は美味い。屋台の裏には、高さ三十メートルものヤシの木がずらっと並び、その一つ一つに玩具のような梯子《はしご》がかかっている。てっぺん付近の幹に傷をつけ、樹液を採集するのである。

涼しいし、眺めは壮観だし、酒は美味いしで、取材でなければ酔いつぶれるまで居座っていたかったくらいだ。

私の妻の姉はミャンマー文化の研究者で五年間ミャンマーに住んでいたことがあり、このヤシ酒の大ファンだった。彼女は田舎に行く度に瓶詰めのものを買ってきては、ヤンゴンの自宅で飲んでいた。しかし、田舎のヤシ酒には衛生面で問題があるようで、彼女は肝炎にかかり、一カ月も寝たきりになった。しかし、病が癒えてからまた懲りもせずヤシ酒を飲み出したというから、いかにヤシ酒の魔力が凄いのかわかるだろう。

一九九七年頃の話だが、田舎ではござを敷いただけの「オープンエアー」の居酒屋兼食堂があったという。木陰で、車座になったり、寝そべったりしながら、飯を食い、ヤシ酒を飲んだりできたそうだ。酒飲みの魂が震えるような素敵な話だ。

ミャンマーのことだから、きっと探せば今でもそんな場所はあるだろう。そのためだけにもう一度ミャンマーに行きたいような気がするほどである。

宝石――ルビーとヒスイの宝庫

かつて「赤と緑と黒を制する者はビルマを制する」という言葉があったと聞いたことがある。

「赤」とはルビー、「緑」とはヒスイ、「黒」とはアヘンのことだ。まだ、生アヘンを吸っていた頃だから、相当昔のことだろう。今ならヘロインだから「黒」じゃなくて「白」と言わねばならない。

アヘンは別として、今もミャンマーは宝石の豊かな国である。ルビーも、ヒスイも、世界一の産出量を誇る。

ルビーの産地はシャン州だ。十五年以上前、私がシャン州の州都タウンジーを訪れたとき、大々的にルビーを売買している場所があった。

大通りなのだが車は実質的に通行止めで、人がぎっしりいる。彼らはみな、小さな赤い石を太陽の光にかざしていた。ルビーの質は、光の反射ぐあいで決まるからである。老いも若きも、男も女も、何百人という人が路上で太陽に「赤」をかざしている光景は壮観で、歩行者天国ならぬ「ルビー天国」とでも呼びたくなった。

二〇〇五年、タウンジーを訪れたら、もうその光景はなかった。地元の人に訊いたら、

「路上でルビーの売買をするのは禁止になったんだ」とのことである。

ルビーの産地はシャン州、と書いたが、そう言うと、ミャンマー民族の人たちは眉をひそめるだろう。なぜなら、最大のルビー鉱山はザガイン管区のモゴックだからだ（ミャンマーでは少数民族がマジョリティをなす地域を「州」、ミャンマー民族がマジョリティをなす地域を「管区」と呼び、区別している）。

しかし、シャン人に言わせれば、「これこそがミャンマー人の汚いところだ」ということになる。昔はシャン州だったところを、軍事政権になってから強引にザガイン管区に組み入れてしまったのだという。

実際に地図を見ると、たしかにモゴックのところだけ州境がシャン州のほうにえぐりこんでいる。不自然極まりなく、たぶんシャン人の主張は本当だろう。シャンの民族活動家たちがつくったシャン語の地図では、モゴックはシャン州とされている。

「赤」＝ルビーがシャン州なら、「緑」＝ヒスイはカチン州の名産である。ルビーがシャンのゲリラの重要な資金源になっているのと同様、ヒスイはカチンのゲリラと切っても切れない関係にある。

カチン州のどこでもヒスイがとれるというわけではない。というより、パカンという場所でほとんど産出されている。

二十年以上前、パカンは「ビルマの香港」と呼ばれていたという。ゴールドラッシュと同じように、人が集まり、金が集まり、その結果、首都ヤンゴンですら手に入らない舶来品があふれかえっていたそうだ。

当時、パカンはカチン独立軍の独占だった。だが、その後、ミャンマー政府軍に圧倒され、今では三割程度しか権益を確保していない。そして、その少ない権益を得ているカチン軍も、現実には政府軍の幹部と癒着する形でヒスイを売買している。

おもしろいことだが、ミャンマー人が昔から「ヒスイの国」と呼ばれているにもかかわらず、ミャンマー人が尊ぶ「開運のシンボル九大宝石」にヒスイは入っていない（九つの宝石はルビー、ダイヤモンド、猫目石、サファイヤ、ガーネット、トパーズ、エメラルド、珊瑚《さんご》、真珠）。

ヒスイは純粋のミャンマー人には人気がないのだ。ヒスイを好むのはもっぱら中国人と、中国系ミャンマー人である。

今でも、パカンから切り出されたヒスイは主に中国に輸出されている。ほんとうは、いったんマンダレーかヤンゴンに運び、そこで税をかけられるのが規則なのだが、現実にはカチン州の州都ミッチーナから直に中国・雲南省に密輸出されている。

私は、軍の有力な将軍宅でヒスイの原石を見たことがある。男が二人がかりでも動かすのがやっとという、大きな石が物置部屋に無造作に転がっていた。

中国で売れば一つが何百万円にもなるというが、中国人が「玉」と尊ぶこの石も、私

中国からの密輸品を葉っぱでカムフラージュしたトラック

第二次大戦中、英米連合軍が建設した橋はまだバリバリの現役

には「薄汚い、青カビが生えたような石っころ」にしか見えなかった。

ちなみに、ルビーもヒスイも、売買や密輸にいちばん力を持っているのは昔から中国系商人である。今では激減したようだが、アヘン（＝ヘロイン）も同様。

つまり、「ミャンマーを制しているのは、昔から中国人」ということである。

金《きん》――なぜミャンマー人は黄金が好きなのか

少数民族と中国系にとって重要なのが宝石とすれば、彼らを含む全ミャンマー人が常に心を寄せて離れないのが金だろう。

ミャンマー人は金がほんとうに好きだ。ヤンゴンにある、ミャンマー最大の寺院は金色の「シュエダゴン・パゴダ」だし、今の独裁将軍様はタン・シュエ議長だし、何につけても「シュエ（金）」が名前に付けられる。

ミャンマーのことを「シュエ・ピードー（黄金の国）」と呼ぶ伝統的な表現もあるらしい。この国をミャンマーと呼ぶかビルマと呼ぶかで、いまだに紛糾しているが、日本の研究者の中には「このエンドレスな議論を終わらせるためにも『シュエ・ピードー』という国名にしたほうがいいんじゃないか」などと言う人もいるくらいである。

ちなみに、理由不明のまま出現した新首都は「ネピドー（ネ・ピードー）」と名付けられた。昔のビルマ王朝時代の「王都」を意味するといい、ミャンマー政府のアナクロぶりが存分に発揮されたネーミングだが、直訳すれば「太陽の国」である。

惜しい！　ちなみに「太陽」もミャンマー人のお気に入り。光り輝くものが好きなのである。

ミャンマー人の「金好き」は象徴にとどまらない。金持ちだけでなく、庶民も金が大好きだ。

元・首都のヤンゴンでも、小さな田舎町でも、ごく普通の庶民が意外に金の指輪やネックレスを身につけている。ちょっと小金がある人はルビーの嵌《はま》った金時計やネックレスをしている。日本人の感覚では「ものすごくゴージャス」なのだが、現地の人たちにとってはそうでもない。

どうしてかと言うと、彼らにとって、金は装飾品であるだけでなく、財産そのものだからだ。ミャンマーの通貨チャットは、これまで政府の一方的な通貨操作で紙くずになったことがあるし、ふだんでも慢性的なインフレ状態と、政治と経済の不安定さから国民の信頼がまったくない。

彼らが自分の財産を守る方法は主に二つある。米ドルをためこむか、金にして持っているかだ。それぞれ用途がちがう。例えば、自動車を買うとか外国に出るためにビザを買う（そんなことどもここではできる。日本のビザもちゃんと買える）ときには、米ドルで支払う。売るほうはチャットも金も受けつけてくれない。

でも、米ドルは限られた場所でしか通用しない。タイや中国やインドの国境とか、僻地とかでは流通していない。また、ほんとうの庶民には米ドルは高嶺の花だ。

誰にでも簡単に入手できるという点では金に勝るものはない。それに装飾品としても価値がある。ミャンマー人は、奥さんや親や子どもに、よく金の指輪や首飾りなどをプレゼントする。愛情の証と同時に、財産分けや仕送りの意味にもなる。ふつう、実用性がないものを「装飾品」と呼ぶのだが、この国では装飾品が何よりの実用品なのだ。

ミャンマー人と一緒に旅をしたり、街歩きをするとわかるが、彼らは行く先々で、ゴールドショップを見つけては中をのぞいたり、地元の人にその日の金の値段を訊いたりする。場所によって、また、日によって金の値段は変動するので、チャンスがあれば自分の金を高く売ろう、あるいは安く買おうと心がけているのだ。

金の価格を訊くのはもう一つ意味がある。

私がカチン州でゲリラの世話になっていたとき、かつての独裁者ネ・ウィンの孫が逮捕されたというニュースが流れた。

「お、これはもしかしたら、何か政変が起きたのかも⁉」と私とゲリラの将校たちは色めきたった。政府内に深刻な対立が起きれば、反政府勢力にもチャンスの芽が出てくる。

しかし、その晩、街に出て金の値段を訊いてみたら、特に変動はなかった。私たちはがっかりした。

もし、ほんとうに政変かそれに準じるような異変が進行しているなら金の値段は上がる。それが変わってないということは、この一件は大したことじゃないということだ。何もかもが不透明なミャンマーで、いちばん信頼できる価値にして政治経済の安定測定器――それが金なのである。

六十年の詐欺

移り変わりの激しい時代である。何もかもがすぐに変わり失われ忘れ去られ、「そういえば、昔あんなのあったねえ」「なつかしいなあ」という懐古の言葉で語られる。

特にアジアの変貌は著しい。

例えば、私が十九歳のときに初めて行ったタイ。マレーシアホテルには庭付きの民宿みたいなゲストハウスがあった。ルンピニ公園では瓶のコーラを氷と一緒にビニール袋へ入れて売っていた。OLらしき女の子たちは誰も暑苦しいパンティストッキングなどはいておらず、綺麗《きれい》な素足にサンダルをつっかけ、ソンテオ（乗り合い車）やバスに乗り込んでいた。

あれから二十年（二〇〇六年時点）。今やマレーシアホテル周辺に庭付きの宿なんてないし、だいたい安宿街はカオサンにとってかわられた。コーラは缶のものをコンビニで買うのが普通。働く女性たちはみんなパンストをはいている。もはや、職場がどこも冷房がガンガンに効いているから、そのほうが寒くなくていいのかもしれない。なんだか寂しい……と旅行者特有の勝手な感傷に浸っていたところ、つい最近、二十年前と何一つ変わってないものを発見した。

ポーカー詐欺だ。

手順は簡単。まず旅行者が見知らぬタイ人の男に声をかけられ、話をするうちに〝友だち〟になる。すると、その〝友だち〟がうまい話を持ちかけてくる。

「今度、賭けポーカーで、金持ちの奴から大金を巻き上げるんだけど、それを手伝ってくれない？」

もちろん、分け前はたんとくれると約束する。旅行者はそれに飛びつく。

ホテルや誰かの部屋へ行き、「カモ」を相手にポーカーをする。最初は「カモを安心させるためにわざと負ける」ということになっており、旅行者は安心してどんどん負ける。ところが、いつになってもカモが負けない。「おかしい……」と思っているうちに勝負は終了。そこで初めて旅行者は自分こそが〝カモ〟だったことに気づくという段取りである。

最後に、〝友だち〟だった男が豹変して「金を払え」と迫ったり、逆にその〝友だち〟が「オレも騙《だま》された」と被害者を装ったりと細かいバリエーションはいろいろあるらしいが、大筋は同じだ。

二十年前、私がバンコクへ行ったとき、すでに耳にしていた詐欺話で、特に日本人が狙《ねら》われているとのことだった。

まあ、なんともバカバカしい詐欺だ。見も知らぬ男がどうしてそんな儲け話に誘うのか。そんな甘い話があるわけないだろう。引っかかる人間は頭が悪いとしか思えない。

ところが、この詐欺は延々と続いているみたいなのである。今年の初め、わけあって珍しくネットで旅行者向けの掲示板を眺めていたら、「去年、私はそれにやられました」「え、オレも！」「ぼくもたった昨日それでやられ……」なんてカキコミがぞろぞろ出てきて、私はほんとうに驚いた。

あれほど有名な手口なのに、まだ引っかかっているのか。ネットの掲示板だけでなく、年々過保護化が進む『地球の歩き方・タイ』でも、母親が小学生に言うみたいに口を酸っぱくしてこの詐欺に注意を促しているのだ。最近の若者は情報収集には長けていて冒険をしないと嘆かれるくらいなのに、不思議だ。

手口自体も進歩はなく、ここ二十年で変わったのは、金の支払いが現金だけでなくカードでもOKになったことくらいだ（つまり手持ちの金以上にふんだくられる可能性がある）。

まったく日本人の旅行者というのは、いつまでたってもマヌケな奴が多いのだ。

……と、えらそうなことを言う私であるが、実は若い頃、バンコクで詐欺のような手口で大金を巻き上げられたことがある。「詐欺のような」と書いたのは、いまだにそのトリックがわからず、「もしかしたら詐欺じゃなくてほんとうの超能力じゃないか」なんて思ったりするからだ。

＊　＊　＊

一九九三年のことだった。私は当時チェンマイに住んでおり、たまに日本へ行き来するときだけバンコクに一泊した。

当時は金がなかったので、チェンマイからバンコクまでは十時間、夜行バスに揺られた。東京―バンコク間のフライトが約六時間だから、私の中ではバンコクという都市は、チェンマイよりも東京のほうにやや近いくらいの印象だった。「タイ語が通じる外国の大都会」――それが私のバンコクのイメージだった。

たまにバンコクに出てきても右も左もわからないので、いつもは友人の家に泊めてもらい、あまり外を出歩くこともなかった。ところが、その友人が日本へ帰ってしまったため、私は初めてバンコクの宿に泊まらなければいけなくなった。そして、有名なカオサンのゲストハウスに泊まった。

カオサンには驚いた。タイ人が当たり前のように英語をしゃべっているし、タイ語で話しても、口の悪さ、態度の粗暴さには目を瞠らされた。上半身裸の白人たちが我が物顔に闊歩《かっぽ》しているし、ヤクの売人だらけだし、まったく別世界のようだ。

ここはタイじゃない——。早々と見切りをつけ、私は夕飯を食って寝た。

翌朝、七時半ごろ目が醒《さ》め、外に出たら、これまた驚くことにどの店も開いておらず、まるで明け方のようだ。普通のタイ人なら、すでに水浴びをとっくに終えているだろう。ここは新宿の歌舞伎町と同様、夜が遅いので、街が目覚めるのも遅いらしい。

私は所在無く人通りもまばらな路上をぶらぶらしていた。

不意に後ろから英語で「ハロー、日本人か?」と声をかけられた。見ると、色の浅黒い若い男がいた。若いくせに、襟のついたシャツ、ジーンズでなくてスラックス風のズボン、サンダルでなくて革靴。顔は彫りが深く、口ひげを生やしている。そして私をまっすぐ見ているのに私の後頭部を見ているような、独特の視線。

紛れもないインド人である。

「インド人」というだけで私は警戒態勢に入った。かつてインド人に騙されて、身ぐるみ剝がされたことがあったからだ。しかも、あの粘っこくて、茨城弁みたいな尻上がりイントネーションのインド英語で「君は占いに興味はあるか?」と話しかけてきた。怪しいにも程がある。

ところが、私はちょうどヒマをもてあましていた。ちょっと立ち話するくらいいいだろうと思って、「どんな占い?」と聞き返した。

インド人の男は返事をする代わりに、奇妙なことをした。五センチ四方ほどの紙切れを取り出し、ポーチのようなかばんを台にして青いボールペンで何か書きつけるのだ。そしてその紙切れをくしゃくしゃに丸めて私に差し出した。

「それを手で握りなさい」と男は言う。不審ながら私はそれに従う。

次に男は「君の好きな花は何?」と訊いた。別に深い考えもなく、私は「ROSE（バラ）」と答えた。

男はにっこり微笑み、「その紙を開いてみなよ」と言う。

私は右の拳をほどき、くちゃくちゃの紙切れを広げた。そして、仰天した。

「ROSE」とボールペンの手書きで書かれていたからだ。

いったい全体どういうことなんだろう? 彼が紙を私に渡したのは、私がバラと答える前どころか、質問をする前だったのだ。

「どうしてわかったんだ?」呆然として訊ねると、男は涼しげな顔をして答えた。

「私には未来が見える」

＊　＊　＊

「もっといろいろなことを教えてあげよう。ついてきなさい」と男が言ったとき、呆然としながらも、私にはまだ警戒心がちゃんと残っていた。

相手のペースにのっかってはいけない。自分のペースでいかねば、と思った。

「他の場所には行かない。占いをやるなら、ここでやってくれ」と言い返し、大通りを一本入った路地を指した。そこは夜には屋台の店が出る場所で、ビニールシートをかけた屋台がいくつか置かれており、その合い間に段ボールが投げ出されていた。二人が腰を下ろすのにちょうどいい。

すると、インド人は意外な素直さでうなずき、さっさと自分から路地を形成する店舗の壁に背を向けて腰を下ろした。その余裕綽々《しゃくしゃく》な態度になんともイヤな予感がした。イヤな予感を感じていたのは私だけではなかったようで、すぐ横を通りがかったタイ人のおばさんが私に向かってしきりに目配せしていた。

「こいつにかかわっちゃダメよ!」という合図である。予感じゃなくて、「よく知っている」という態度だ。

だが、中途半端にプライドがある私としては、自分から場所を指定しておいて、今さら後に引けなくなった。金の話が出たら、身を引けばいいという冷静な(つもりの)判断もあった。よせばいいのに、私はインド人に向き合う形で座り込んだ。

インド人はポケットから小さい紙切れをたくさん取り出した。罫線が入っているところをみるとノートの切れ端だとわかった。また、彼がこの技で生計を立てているらしいことも察せられた。

それを使って彼は「占い」をした。といっても、未来を見るのではなく、先ほどと同様、私の思っていることを当てようとする。

やり方はさっきとはちょっとちがった。さっきはいきなり紙を渡したが、今度は「好きな色を当てよう」と宣言する。

それからおもむろに紙にボールペンで書き込んで、私に渡す。紙を握れというのは同じだが、そのあと、「紙を額につけて神に祈れ」と言う。

「特に信じている神はいない」と、まことにささやかな抵抗をすると、生真面目にうなずいて、「君が神を信じていなくても、神は君のことを知っている。いいから、言った通りに額につけなさい」と言う。

しかたないので、握り拳を額につけて、ちょこっと目を閉じる。

お祈りじみた行為を終えると、彼が言う。

「君の好きな色は何？　私に言って」

「青」

「じゃ、紙を開いて」

紙玉を開くと、果たして「ＢＬＵＥ」と下手くそな字で書いてある。

私はまた唖然《あぜん》。

「ほら、神は知ってるんだ」インド人は微笑む。

神が知ってるというより、「紙」が知ってるんじゃないかと混乱した頭で私は思った。よく覚えていないが、そのあとも、年齢やら好きな果物やら三つ、四つ、同じ方法で彼は当てた。そんなものを当ててどうするんだ！　と、これを書きながら今の私は突っ込みたくなるが、なにしろ魔法のようにずばずば当てるのである。当てられているそのときの私にはそんな余裕はない。

紙以外の占いもやられた。「好きな数字を言いなさい」と言うので、「7」と答えたら、彼は両手を差し出し、私の右手を包むようにして、拳を握らせた。で、また「神に祈れ」。もはや、相手に完全に飲み込まれているのがわかったが、どうにもならない。祈り終わると「手を開け」。手のひらには「7」という青い数字が小指の付け根あたりに浮き上がっていた。

いよいよヤバい。時間が進み、店が次々とシャッターを開け始め、路地の通行人も増えてきた。タイで最も俗な街が目覚めているというのに、私ひとり、どんどん神秘の世界に引きずり込まれていく。

＊　＊　＊

「今度はもっと重要なことを当てよう」と彼が言ったときである。

不意に私の背後から別のインド人が登場した。今度は少し年上で、三十代半ばくらいだろうか。小さなバッグを手にし、アイロンのよくきいたシャツもズボンもものがよさそうで、成功したビジネスマン風である。

彼はあたかもばったり出会ったかのように、若いインド人に挨拶したが、とても偶然とは思えなかった。

怪しいインド人が二人で挟み撃ちとは、これから〝カモ〟を本格的に捕獲しようとしているとしか考えられない。

ここでこそ、逃げるべきだったのだ。簡単である。「帰る」と一言告げて、立ち上がり、歩き出せば済むことだ。ポーカー賭博をやっているわけでもないんだから。

ところが、またしても中途半端なプライドがそれを邪魔した。怪しいインド人相手に逃げたくないという気持ちである。しかも、最後に彼ら（「占い」をやっているのは若いほうだけだが、二人がかりは明らかだ）が挑んできたのは「君のお母さんの名前を当てる」という途方もないものだった。

これまでさんざん当てられているが、色や果物、花、年齢などは、限られた範囲の中で選択されるものだ。確率は低いが偶然当たることもあるだろう。ところが日本人の名前なんて無数にある。しかも外国人にはとても想像がつかないものばかりだ。

「それは不可能だろう」無理につくった笑顔で私は言った。

若いインド人はニヤッと笑った。チャンスを摑んだ者の笑顔である。

「神に不可能はない。それなら……」

そう言って彼が差し出したのは、名刺より二回りくらい大きなカードだった。そこには「カシミール・ホーリー・アシュラム」と記され、「神とその信者のために募金を集めている」という趣旨のことが英語で記されていた。

いちばん下に募金の額が記されている。$50、$100、$150。

「そこまで言うなら賭けをしようじゃないか。もし、私が君のお母さんの名前を当てたら、募金をしてほしい。いいだろう?」

思わず「OK」と言ってしまった。

「じゃあ、募金の額を決めてくれ」

私は$100を選んだ。これまた中途半端なプライドのなせる業だ。$150は賭けに負けたときのショックがでかい。いっぽう、$50では最初から賭けに負けるのを前提にいちばん安い額を選んでいるようで抵抗がある。

今さら賭けに勝つも負けるもなかった。勝負は初めから決まっていたんだから。同じように彼が紙切れに何か書き込み、丸めて私に渡す。ただ、そのあとが今までとちがった。

「君のお母さんの名前は何と言う?」

「ナオミ」

「オーケー、じゃあ、それは英語でどんなスペリングなんだ?」

なぜかスペルを訊くのだ。私はアルファベットで答えた。そのあとは、目を閉じて額に紙をおしあてた。

それから紙を開く。

くしゃくしゃの紙に「NAOMI」と記されていた。

若いインド人は微笑んだ。

私はもう阿呆《あほう》のように口をぽっかり開けていた。さっきの取り決めなどなかったことにして逃げたかったが、ビジネスマン風のインド人が突っ立ったまま見守っている。そうか、こいつはそのためにいるのかとやっとわかった。賭けの契約の証人役なのである。

懐から最後に残っていた虎の子の百ドル札を手渡した。

若いインド人はにっこり笑い、私に赤黒い小石のようなものをくれた。「御守りだ」と言う。そして、付け足しのように、「君はこれから彼女ができる。それは日本に住んでいるが日本人じゃない女の子だ」と述べた。

二人のインド人は私に「これから私たちのお寺に行かないか」と誘ったが、それをかろうじて断り、私はよろよろと大通りにさまよい出たのだった……。

＊　　＊　　＊

そのあと、いくら考えてもその出来事はわからなかった。直後はほんとうに超能力だと思った。興奮して、チェンマイで人類学を研究している日本人の友人に「凄い不思議な経験をしたんだ！」と電話をしたら、大笑いされた。

「騙されたんだよ」と彼は言う。

「いや、ちがう。だって、向こうはオレの手にも触れないんだよ。ありえないよ！」

すると、彼はまた大笑いして言った。

「高野君、手品っていうのはみんな客には『ありえない！』って思うものばっかりなんだよ」

切れ者で知られる友人の冷徹な一言に、私は沈黙するしかなかった。

やっぱり騙されたのか。でもトリックがわからない。

その後、何度となくその出来事を思い出し、反芻《はんすう》した。その結果、手に数字が浮かび上がったのだけは想像がついた。私が「7」と答えたあと、彼が自分の指に素早く逆向きに「7」とボールペンで書き、私の手を包み込んだときに私の右の手のひらに押しつけて印字したのだろう。

しかし、紙玉についてはさっぱりわからないままだ。繰り返しになるが、インド人は私に指一本触れないのだから、答えを言ったあとで紙を掏《す》り替えることなどできない。だいたい、彼が紙に書き込みをしているのは私が答えを言う前だけで、そのあとは私の視界の中でおとなしくしている。額に握り拳を押しつけているときすら、私は薄目を開けていたが、彼が何かしている素振りはなかった。

金をむしりとられたのは間違いない。未来が見えるというのもウソだ。私はその後何年も、日本に住む外国人女性と会うときはひそかにドキドキしていたのだが、何一つロマンスらしきことは起きなかった。付き合って結婚したのは普通の日本人だったし。

ただ、心の中を読むという能力はほんとうにあったのではないか。今でもそう思いたくなる……。


この紙切れによるマジックはポーカー詐欺とちがい、特に有名な手口ではないようだ。彼らは組織的に活動しているようだったから他に被害者はいただろうが、私以外でそういう目にあった人の話は聞いたことがない。

どうせ騙されるのなら、平凡な騙され方じゃなくて個性的な騙され方をされたいものだ。

……と、ここで話が終わりそうだが、終わらないのである。

＊　＊　＊

事件から六年後の一九九九年六月。

私は、東京の、とある在日外国人向け新聞社のオフィスにいた。

当時私はその新聞社で編集兼ライターの仕事をしていた。いろいろな外国語の新聞を出している妙な会社で、私は毎月の月末には一人で台湾、タイ、マレーシア、インドネシア、ミャンマーという各国人向け新聞の日本語ページ（そういうのもあるのだ）の校正をしていた。それは日本人が一人しかいないこの会社での私の仕事の一つだった。

私はタイの新聞を片付け、ミャンマーの新聞にとりかかった。

ミャンマーの新聞では、当時、ミャンマーの短編小説が翻訳され、毎回掲載されていた。

小説を選んで翻訳しているのは、のちに私の義理の姉となる人で、この連載自体、私が彼女に依頼したものだった。

その回はミントゥーウンという人気作家の小説で題名は「占い師たち」。イギリスの植民地時代（一九三〇年頃）を舞台にした私小説風の作品だ。

私は赤のボールペンを手にして、きわめて事務的に読んでいた。

主人公の「僕」が日曜日の昼間、自宅の軒先でくつろいでいると、ターバンを巻いたインド人が「旦那、占い、どうですか?」と寄ってくる。

「僕」は最初相手にしないが、退屈もしていたし、強引なインド人をとっちめてやろうという気になり、「金はやらないぞ」と繰り返したあと、ちょっと「占い」を試してみる。

このあたりで「なんだか、聞いたことのあるような話だな」とボールペンをいじくりながら私は思ったが、読み続けていくと目が見開いてしまった。

そこを引用してみる。


「旦那は長生きするでしょう。八二歳まで生きますね。そちらの畳んである紙切れを手の中に握ってください」と言って、僕の手に紙を握らせた。僕もそれを握りしめた。

「旦那はクリスチャンですか。仏教徒ですか」

「仏教徒だ」

「仏教徒ならお釈迦様を拝んでください。両手を額の上に合わせて祈ってください」

僕はなんだか間抜けなことをしているような思いにどうにも居心地が悪くなってきた。

（中略）

「さあ、それじゃ旦那、5と9の間にある数字を何か頭の中で考えてください」

僕は7を思い浮かべた。それから僕が手の中に握っていた紙切れを開いてみると、そこには7という数字が書かれていた。

「こ、これは、オレとまったく同じ手じゃないか！」

私はオフィスで叫びそうになった。

それだけではない。小説の中でも途中からインド人がもう一人出てくる。最初の男より身なりがよくてとても占い師には見えないという。これも私のときと同じだ。

私のときとちがうのは彼らが曲がりなりにも将来のことをあれこれ占おうとするところだが、やり口はそっくりである。

宝くじの当たり番号を当ててあげようと、彼らは「僕」の手相を見てから、手を握らせる。そのあとに手を開くと、「8111」という番号が浮かび上がっていた。

これも私と同じだ。手相を見るときに、占い師が自分の指で印字したのだろう。

ちゃんと終わりのほうで、「御守り」もくれている。

うーん……と、私は唸《うな》るしかなかった。

さて、小説の「僕」はこれをどう思っているのか。

一九三〇年代のビルマ人の「僕」は純朴な九〇年代の日本人の私とちがい、不思議は不思議だがインチキに決まってるだろうと腹を立てている。「僕」が知識階級の人間で、〝下賤《げせん》な〟インド人占い師を見下しているからだろう。

だから、私のように神秘の世界に引きずり込まれたりしない。最後も、私がこてんぱんに騙されるのと対照的に、「僕」はいい加減、相手の執念に根負けして「古いメリヤス・シャツ」を一着渡すだけだ。もっとも、当時の下層階級のインド人たちにとって、古シャツ一枚でも結構な値打ちがあったようではあるが。

それにしても、いやはや。

訳者解説によれば、この小説が単行本として出版されたのは一九五五年だが、著者のミントゥーウンは一九〇九年生まれ。つまり一九三〇年代を実際に生きた人である。このストーリーもおそらくは著者自身の体験にちがいない。

そんな頃から、この「紙切れ詐欺」（あー、とうとう〝詐欺〟と認めてしまった！）は存在したのだ。占い師がインド人、紙切れを使う、数字を手のひらに記す、途中から身なりのいい相棒が現れる、御守りを渡す……と、ほとんど手法も変わることなく。

私が被害にあったのが一九九三年だから、少なくとも六十年はその伝統が続いていたわけで、たかだか二十年のポーカー詐欺などひよっ子みたいなもんだ。

先ほどの言葉を言い直そう。

どうせ騙されるなら、ポッと出の詐欺ではなく、由緒正しい伝統的詐欺にあいたいものだ。

そして思う。

こんな激変の時代、変わらないものはなんでも貴重である。大切にしたい。たとえ、それが詐欺であったとしても。

対談　辺境＋越境

「ショー」よりも「幕間」を

二〇〇七年の印象的な出来事といえば、私はまず九月末にミャンマーで起きた僧侶のデモと軍による武力弾圧を思い出す。「ありえない！」ということをさんざんやってきたミャンマーの軍事政権だが、まさか僧侶を殴ったり殺したりするとは想像できなかった。

私はミャンマーに関する本を三冊書いているし、殺害されたジャーナリスト・長井健司さんを知っており、そうブログにも書いたので、単なる知り合いから新聞・テレビの記者まで、問い合わせや質問が殺到した。

もちろん、ミャンマーに注目が集まることは黙殺されるよりずっとマシなのだが、それでも「なんだかなあ……」という複雑な思いは拭えない。というのは、日頃日本人は一般人もマスコミも読書界もミャンマーについてまったく関心がないからだ。

私がいくら本を書いても話題になったこともない。ミャンマーに行く日本人旅行者は年間たった二万人だという。お隣のタイに行く人は百二十万人だというから、その差に愕然《がくぜん》とする。

ミャンマーに限らず、何か政治的に大きな問題を抱えている国は、たとえ外国人旅行者に特に危険がなくても人は行かない。行かないから関心も持てない。

「やっぱり〝ショー〟なんだよな」

私は十数年前のある出来事を思い出した。

ミャンマーの反政府少数民族独立運動にかかわっていたときのことだ。親しくしていたゲリラの長老が、エンドレスで続く内戦に疲れ厭戦《えんせん》ムードが蔓延《まんえん》するゲリラの幹部や若手たちを叱咤《しった》した。

「どうしてもっとガンガン戦わないんだ？　ショーをやらなきゃお客は来ないぞ」

私はこのショー発言に衝撃を受けた。その晩、私たちは大激論をした。

「戦って死ぬのは若い兵士ですよ。ショーというのはあんまりだ」私が非難すると長老は悲しそうな口調で答えた。

「しかしそれが現実なんだ。戦争をやって犠牲者が出ないと国際社会は誰も私たちに目を向けてくれない。おまえだってそうだろう？　戦争もしないで、私たちが政府の言いなりになってだらだら暮らしていたら何も書くことがないだろう？」

グーの音も出なかった。口先とは裏腹に、私はこのゲリラが政府と正面から激突することを期待していたからだ。結局このゲリラは戦わずして政府に投降し、私も戦争取材を志すことをやめた。

今回の僧侶デモ弾圧はミャンマーにおいては、一九八八年以来、約二十年ぶりの「派手なショー」だった。いつもはミャンマーに興味を寄せないジャーナリストたちがどっと押し寄せた。長井健司さんもその一人だ。そして長井さんは凶弾に倒れることによって、自らショーの一部となってしまった。

私は長井さんがこれまでやってきたことも、切迫したミャンマーのデモ現場に乗り込んでカメラを回したことも凄《すご》いと思うし、そういう人が必要だとも思う。だが、「ショーの一部」になってしまって本当にいいのだろうか。

私は全国紙の記者から電話取材を受けたし、NHKに至っては渋谷のスタジオまでわざわざ足を運び、カメラの回るなか長々とインタビューを受けたのに、一言もニュースで使われなかった。

理由は簡単。私が長井さんと付き合いがあったのは、今から約二十年前である。私は早稲田大学探検部のメンバーを率いてアフリカ・コンゴに謎の怪獣を探しに行こうとしていた。当時、テレビ番組の企画をやっていた長井さんもその怪獣に興味を持っていて、「せっかくだから一緒にやろう」ということになった。

結局、その番組は実現しなかったが、長井さんは「下見」と称して、ポンとコンゴの奥地に飛び、怪獣の棲《す》むと言われる湖の一歩手前の村まで一人で行ってしまった。このフットワークの軽さと思い切りのよさに驚いたことはよく憶えている。

だが、「その頃から長井さんは使命感みたいなものに駆られていましたか？」という記者の質問には首をひねった。

当時、長井さんは私たち同様、好奇心に満ちた若者だった。「おもしろいことがあれば、自分の目で見たい」、ただそれだけだった。怪獣探検に行けなくてほんとうに残念そうだった。彼が「誰も行かないところには誰かが行かねばならない」と使命感に燃えるようになったのは、そのあと、おそらく、ジャーナリストとして中東などの紛争地に行ってからだろう。

というようなことを正直に答えたのがいけなかった。ＮＨＫのデスクは「怪獣探し？ダメだ、そんなの」とあっさり全部カットにしてしまったという。

要するに、ＮＨＫ（だけでなく、他のマスコミもそうだろうが）としては、「長井健司という使命感あふれるジャーナリストの殉職」というストーリーがほしかったわけだ。今回の「ミャンマー・ビッグ・ショー」における彼の役回りはそういうものなのだ。

だが、それはちがうんじゃないかと私は思うのである。

ミャンマーは二十年前のショーと今回のショーの間、どこにも存在していなかったわけではない。ずっと、あの中国とインドとタイに囲まれた特異な地勢的環境のもとにあり、そこに住むさまざまな民族の人たちも、私たち日本人と同じかそれ以上に豊かな文化を保ち、笑ったり泣いたりしながら日々を過ごしてきたはずだ。

　長井さんも同じように、生まれたときから使命感を持ったジャーナリストであったはずがない。最初は好奇心のおもむくままにどこへでも行ってしまう元気で普通の若者だったのだ。それを「最初から特別で立派な人」に仕立てあげ、あたかも「一般人は先進国と観光地以外に行くな」と言わんばかりの報道を行う。

　ショーが開催していない「幕間」でも、国も人も常に動いている。というより、その動きの結果がショーなのである。ショーだけ見ても何もほんとうのところはわからないし、ショーが終われば忘れてしまう。

　私が望むのは、できるだけ多くの人がミャンマーを筆頭にアジア、アフリカ、南米の観光地でない国に行って「幕間」の姿を見てほしいということだ。若き日の長井さんのように。そこに住む人たちが何を思い、どう生きているか、肌で感じてほしい。そして、いい意味で件《くだん》の長老の言葉を裏切ってほしい。少なくとも私はそうしたいと思っている。

旅――自由気ままもムズカシイ。

角田光代　一九六七年神奈川県生まれ。早稲田大学文学部卒業。小説家。『空中庭園』（文藝春秋）で婦人公論文芸賞、『対岸の彼女』（同）で直木賞、「ロック母」（『ロック母』講談社所収）で川端康成文学賞を受賞。中央公論文芸賞受賞の『八日目の蟬』（中央公論新社）など著書多数。

角田　高野さんは大学時代から今に至るまでUMA《ユーマ》（Unidentified Mysterious Animal 謎の未確認動物）とか怪獣といったものを探しているわけですよね。私たち同い年なので、子どものときに見てるものは同じだと思うんですけどどうしてなのか……何か強烈な刷り込みになってしまうようなものを見たとか、テレビで何か記憶に残ったとか、ありますか？

高野　うーん、僕らの小さい頃はそういうものが多かったですよね、変なものが。超能力とか怪獣とか。図鑑でも〝なぜなに世界のふしぎ〟とか大好きでした、というかみんな好きじゃなかったですか。

角田　私も好きでした。好きでしたけれども、普通はだんだん忘れていくじゃないですか。

高野　そうかな。

角田　それと、大学で探検部に入りますよね。探検部っていうのは、こういう怪獣とかを探しに行くクラブなんですか？

高野　そうじゃないんです。僕が初めてUMA、ムベンベを探しに行ったときも、先輩たちからいい加減にしろよとかさんざん言われましたね。

角田　え、探検部でも異端だったんだ。じゃあ、二十歳のときになぜそのUMAを見に行こうと思ったんですか。

高野　UMAを見に行こうと思ったというより、コンゴのジャングルの中にいると言われているけれどまだ調査をされたことがない謎の存在だというので、それはもう、本当の探検だと確信したんですよ。

角田　そのときの体験がすごく衝撃的でそれからずっとその世界なのか、それともやっぱりもともとどうしても抗えない衝動があったのか……。

高野　抗えない衝動！

角田　どうしても見てないものが見たいとか。

高野　ちょっと考えると学生が何か見つけるためにジャングルに行くなんて無謀なんですが、実際やれてしまったので、そうすると、やりたいと思うことにストップをかけるものがなくなってきたんです。やっぱり探すっておもしろいですよね。

僕は自由気ままにぶらぶらする旅が、すごく苦手なんですよ。だから旅に目標がないとつまらなくて寂しい。

角田　その感覚、わかります。二十歳ぐらいのときって、外国に行くだけで楽しいじゃないですか。

高野　ええ。

角田　初めての場所ってだけで歩いても楽しいし、ご飯食べてもおいしいのが、だんだん三十過ぎてくると、何か目的がないときつくなってくる。

高野　『あしたはアルプスを歩こう』（講談社文庫）にも、そう書かれてましたよね。角田さんは何で旅行に行かれるんですか。

角田　私はたぶん見たことのない場所を狂おしく見たいんですよ。

高野　狂おしくですか。

角田　はい、見てみないとほんとにその土地があるのかどうかわからないし、行ってみないとその場所がどんな様子なのかわからない。そうするともう、その場所があるなら見てみたい、という気持ちで旅行に行っちゃうんです。

高野　それが「抗えない衝動」。

角田　ええ。でも、地図に載っている場所は、あるんですよ、絶対に。だからその場所に着いちゃうともう用は済んじゃうんです。

高野　ははは、なるほど。

角田　することがないんです。最近は、ああ退屈だなあと思いながら、そこにいるんです。だから目的がある旅っていうのがすごく羨ましいです。どんな目的であれ。

高野　あの、次回僕とどうですか？

角田　考えておきます（笑）。『怪獣記』（講談社文庫）を読むと、探しているのはジャナワールというUMAで、それを探して行くうちに、民族の歴史や村の人たちの暮らしぶりとか、その国のことが生でわかってきますよね。それがすごく羨ましかった。

高野　そうですね。普通に旅をしていると普通のものしか見えない。でもこういう特殊なものを探していると、全然ちがうものが見えてくる。それがほんとうに本のページをめくるみたいに展開が変わってくるのでおもしろい。

角田　現地の人がジャナワールと聞くだけで大爆笑して、ホテル代までまけてくれたりして（笑）。各国各地に、例えば気候や歴史などによって、何を信じるか、パターンのようなものはあるんでしょうか？

高野　うーん、パターンはたぶんないですね。でも、UMAがいるって言われているところは、だいたいいいところですよ。いかにも、何かありそうというか、何があってもおかしくないような、凄い雰囲気がします。「土地が伝説をつくる」というか。コンゴも、ジャナワールのワン湖も。

角田　このワン湖もすごく綺麗《きれい》。この本に収められた写真が綺麗なので、かえって怖いような……。綺麗なものって怖いじゃないですか。

高野　ああ、たしかに。

角田　でも、あちこちに行って怖い目にあったことはないんですか？　熱出したりとか、物盗りにあうとか。ゲリラと同行したり危ないところにも行ってらっしゃるじゃないですか。

高野　危ないところじゃなくて普通のところで熱出したり物盗りにあったりはしてます。角田さんはないですか？

角田　私はほとんどないんですよね。一回マラリアになったことがあって、それからイタリアで物盗りに……っていうか中学生ぐらいの子があわよくば、という感じで荷物を盗ろうとして……その二回だけで、あとはほんとうにないんです。

高野　マラリアはどこでなったんですか？

角田　タイのタオ島っていう島です。

高野　タオ島にマラリアなんてあるんですか？

角田　そう、ないって言われたんです！　タイ本土にもないし、島に住んでいる人も、うちのおじいちゃんがなったよ、ってぐらい昔の病気で……変ですよねえ。たぶん、もう一生宝くじには当たらないんだろうなって、思いました。確率を使い果たして（笑）。

高野　タイがすごくお好きなんですよね。

角田　ええ。あまり同じところに二回行ったりはしないんですが、タイは何度でも行きたいです。高野さんはそういう、普通の意味で好きな国ってあるんですか？

高野　難しいな。楽しい国とおもしろい国があって、それらはちがうんですよね。タイはすごく楽しい国です。昔住んでたから知り合いも多いし、楽だし、ご飯もおいしいし、物価も安いし。でもあそこはおもしろくはないんですよ、スムーズだから。おもしろい国はスムーズじゃない、楽しくもない国が多いですね。「国」を「旅」と言い換えてもいいんだけど。

角田　高野さんはUMA探しとかでなく、単純に旅行に行くことってあるんですか？

高野　単純には……あんまりないですね。UMAでなくても、謎の幻覚剤とか、世界最大のお茶の木を探しに行ったり。

角田　そういうものは見つかるんですか？

高野　それが見つかったんですよ。幻覚剤は感動しました。コロンビアだったんですが、アマゾンの支流のところをカヌーでさかのぼって行った先の集落のシャーマンが使っているわけですよ、薬を。

角田　飲みました？

高野　はい。夢見薬なので、幻覚っていうか、意識が遠のいてしまって頭の中で旅をするんです。ハンモックに寝て、揺られながら、千年旅をしました。空を飛んだり海に潜ったり、ぐるぐる回ってるんですよ。色も鮮やかで、その時間がものすごく長いんです。ただただ不思議で、実感として千年ぐらいあるんです。で、フッと目覚めて、時計を見ると一時間ぐらいしかたっていない。それですごくショックを受けてぼろぼろ泣いて、恥ずかしい思いをしました。

角田　私すごいビビリ性なんですよ。だから旅行も、抗いがたい欲求がなければなるべく行きたくないんです。怖いんですよ、何もかもが。高野さんは旅行に行くときにこういうのが怖い、とかありますか？

高野　やっぱり、拉致されたりしたら嫌だなぁとかは。物盗りも、嫌は嫌ですけど、でも死にはしないし。

角田　じゃあ、荷物を全部盗られるのと、探しているものをまったく見つけられないのとどっちが嫌ですか？

高野　それは、探しているものを見つけられないほうですね。だって荷物盗られたって、また買えばいいいし、死ぬわけでもないし。
角田　最初からそういう気持ちなんですか？
高野　学生時代初めてインドに行ったとき、身ぐるみ剝がされたんですよ。で、二百円ぐらいしかなくて路頭に迷って、親切な貧しいインド人の家族に助けられて、そこで二週間ぐらい居候したんです。そのときから、なんだ、生きていけるんだという気持ちです。
角田　私は何一つ盗まれたくないんです。そして誰にも意地悪をされたくないんです。まあ無理ですけど、そんなの。高野さんは探検とかＵＭＡ探しとは切り離したところで旅行について何か書いたりはしますか？
高野　うーん、あんまり書かないですね。普通に旅して現地の人と心温まる交流とか、そういうのは、他の人がいくらでも書いてますから。
　角田さんは旅行で、小説のアイデアが浮かんだりとかはないんですか？
角田　二十代の半ば頃まではありました。外国に行くって刺激がいっぱいだし、その刺激で五個ぐらい小説が書けるような感じだったんですけれど、だんだん書けなくなってきて。途中から小説は小説、旅行は旅行と、あんまり一緒にしないようにしようと思っています。

高野　旅行に行ったことは小説には影響を及ぼさないんですか？

角田　そんなことはないかな。書いていて要素として異国が必要だったり、そこの人が必要だったりすると昔の旅行を持ってきて書きますけど、例えば次どこそこ行くから小説はこれにしよう、っていうことはないですね。

高野　でも、外国での印象っていうか、手触りっていうのは小説の中でちがう形で出てきたりはするんじゃないですか？

角田　それはありますすね。私が旅行でいちばん影響を受けることというのは、人が考えることの異様さというか……、たぶん、あまり旅行しなかったら小さくまとまって、だいたいみんなこのぐらいのことを考えて生きているんだろうなという私の意識が、ちがう場所に行くと破られることが多いんです。それで少し広がるんですよ。こんなふうな人もいるとか、こんな考え方もある、って。そういうのが私にとっての旅のおもしろさかな。……とか言いつつ、「こんな近くにいたよ」と高野さんと話していて思いました(笑)。

高野　それはよくわかります。僕も現地の体験が自分の想像を超えるところばかり書いてますから。

だから僕みたいな平凡で常識的な人間が小説を書こうとすると自分の想像の範囲内で考えるからすごく陳腐なものになってしまうんです。自分の知っていることを超えられないというか。だから小説家……角田さんみたいな人の頭の中はどうなっているのかな、と。

角田　実は私も同じです。私も書いていて自分が自分の枠を超えないことに本当にいらいらします。

高野　それはどうやって超えるんですか？　超えられる瞬間というのがあるんですか？

角田　ないです。それこそ、幻覚ってものすごく異様なものを見る場合もあるけれど、結局は自分の中のものですよね。昔の人は、神を見たとか言うけれど、その神って外にいるんじゃなくて、自分の中の神様じゃないですか。そうなったときに、幻覚ですら自分を超えられない。自分の枠の中で見るしかないんだなと思うんです。

たぶん小説は一生自分の枠を超えられないから、その枠と戦いながら書いていくんでしょう。無理やり結びつけると、ジャナワール探しと似ているかもしれません。おそらく全貌がわかることはない。ひょっとしたらわかるかもしれないけど、わかったらおもしろくない。全長五十メートルの、ワニとも魚ともつかない生き物が実はここに生きています、ということが調査ではっきりとわかってしまったら興味を失う。

高野　そうですね、すごく学問的な話になってきますよね。そうするともう、僕の仕事は終わったな、次行こうと思うでしょう。

角田　わからないっていうのは「枠の外」のことだからおもしろいんでしょうね。

ゾウ語の研究

私は最近、ゾウ語の研究をしている。といったらまるでドリトル先生みたいだが、「ゾウ語」とは人間（ゾウ使い）が家畜にしたゾウを使うときに用いる言葉だ。正確には「ゾウ使役用語」とでも言うべきなのだろうが、こっちのほうがおもしろいから勝手にゾウ語と言っている。

このゾウ語、とても不思議である。

現在、ミャンマー、タイなどインドシナ半島の多くの国のジャングルでゾウが使役されている。使役する民族も多岐にわたるが、ざっと調べてみると、どの民族もみな、自分たちの言葉とゾウ語が一致しないのだ。

例えば、タイ人は人に「止まれ」と命令するときは〝ユット〟と言うが、ゾウには〝ハオ〟と言う。なぜ、ハオと言うのかタイ人に訊《き》いてもわからない。

ところが、ゾウ語自体は、国や民族がちがっても、いくつか共通する単語があるのだ。

例えば前述の「止まれ」だが、驚くべきことにカンボジアでも、ベトナムでも、ラオスでも、どこでも〝ハオ〟なのである。そして、この〝ハオ〟はどの民族の言葉とも似ていない。

「これはおもしろい！」と私は興奮した。ゾウの使役はインド由来である。いつだかわからないが、相当な昔にインドから東南アジアにゾウの使役法が伝わった。そのときの言葉、つまり古代インド系言語がいくらかゾウ語に残されているかもしれない。あるいは、インドから最初にゾウ使役法を習った民族の言語かもしれない。

東南アジアの民族の歴史はわからないことが多い。ゾウを使う各民族のゾウ語を比較研究すれば、そういう民族移動や文化の伝播の時期やルートがわかるのではないか？

そんな野望を抱いてしまった。

私がこれまで調べた限りでは、ゾウの使役に長けており、ゾウに関する文化が深いのは、どの国もモン・クメール系民族である。ゾウ語の語彙《ごい》もモン・クメール系民族がいちばん豊富だ。詳細は不明だが、鍵になる民族はモン・クメール系のようである。

言語学者や人類学者にいろいろ訊いたが、誰もゾウ語の研究をやった人はいないらしい。これはなおさらチャンスだ。

ただし問題は私が言語学とくに音韻論に無知であり、音の採集もできないことだ。例えば、-p と -ph という有気音と無気音や、語尾の -n と -ng のちがいもよく聞き取れない。これではデータにならず、その言葉が何に由来するのかも知りようがない。

そこで、強力な助っ人を頼んだ。以前からの知人で、ポルトガル在住の個性的な言語学者・小坂隆一氏である。彼の専門は音韻研究で、特にモン・クメール系言語を得意としている。相談したら、興味を持ってくれて、

「録音してもらえれば、僕が聞き取りくらいやりましょう」と言ってくれた。

この言葉に元気百倍、さっそくビデオカメラを持って、私はラオスに行き、二カ所の村で調査した。音だけでなく口の動きもちゃんと映像に収めたから、収集としては完璧である。あとは小坂さんにそれを分析してもらえば、何かがわかるにちがいない。

小坂さんにビデオテープを送って見てもらい、それからＩＰ電話で長々と話をした。ユーラシア大陸の東端と西端でゾウ語について語り合う。なんだか、壮大である。

だが、頼みの彼が「うーん、これじゃ今ひとつよくわからないんですよね」と言う。

「え、何がです？」

「高野さんが採集してきたのは動詞ばっかりなんですよ。動詞だけじゃあね……。基礎語彙としては名詞がぜひほしい」

「名詞ですか？」

「そう〝母〟とか〝父〟とかいう親族名称、〝空〟とか〝石〟とかいう一般名詞があれ

ばいいんですけどね……」

「そりゃ、無理ですよ！」私は思わず悲鳴をあげた。ゾウ語というのは最初から動詞しかないのだ。しかも命令形のみである。「石をどけろ」という場合でも、「石」なんて言葉は必要ない。「どけろ」で十分だ。

ましてや〝父〟とか〝母〟とかあったらどうかしている。ゾウ使いがゾウに「君のお母さんのことなんだが実はね……」なんて話しかけるか。それじゃゾウ用語じゃなくて、正真正銘の「ゾウとしゃべる言葉」だ。

そう言ったら、小坂さんは「そう言われればそうですよねえ。ゾウ語に名詞はないか……」と苦笑した。

「そうなんですよねえ……」私もため息をついた。

ゾウ語研究の道は遠い。

どなたかいいアイデアをお持ちの方はぜひご一報を。

人生は旅だ！　冒険だ！

井原美紀　エッセイスト、翻訳家。東京出身。ツアー・コンダクターおよび旅行ライターとしてこれまでに世界八十八カ国、千都市以上を訪れる。『魂の至福に出会うための10のステップ』（主婦と生活社）、『リコン日記。』（集英社）、『30からの恋愛作法』（大和書房）、共訳に『スピリチュアル・ティーチング』（ＫＫベストセラーズ）など。

高野　いきなりですけど、僕は井原さんの『リコン日記。』（集英社文庫）や「月刊バッイチ」（『小説すばる』）を読んで、この人は人生がすでに旅というか、冒険になっているなあと。

井原　人生は冒険ですよ（笑）。離婚はそんなに長い旅じゃなかったんですけど、子育ては長い旅ですね。

高野　はたから見ていると、大変そうなんだけど楽しそうで。目の前に二つ道があったとして、悩んだあげく、大変そうなほうを選んでません？　そこがおもしろいんですけど。

井原　おもしろがってないで止めてくださいよー（笑）。でも高野さんだって、コンゴに幻獣ムベンベを探しに行ったり、中国に野人を探しに行ったり、大変な旅ばっかりしてるじゃないですか。

高野　それはやっぱり、忘れっぽいからですよ。

井原　忘れっぽい？

高野　現在進行形のときは「もうふざけんなよ！」としか思えないことばかりなんだけど、帰ってくると、いいことばかり覚えていて、大変だったことも美化されて「なんかおもしろかったなあ」に掏り替わっているんです。

井原　その感覚、すごくよくわかる。大変な旅のほうが、「おもしろかった」に変わりやすいですよね。

高野　自己防衛本能なんでしょうか。大変な目にあってるわけだから、全然防衛にはなってないんですけど（笑）。井原さんもそういう体質なんじゃないですか？

井原　そうですね。どんなことがあっても、とりあえず笑っちゃえ！　飲んじゃえ！

みたいになるから。私は、旅好きかどうかって生まれたときに決まっていると思うんです。

高野　持って生まれた才能ってことですか？

井原　うん。だって、大変だったことを無理やり楽しかったことに変える思考回路とか、丈夫な胃腸とか、語学力とか。

高野　でも、僕はそんなに体が丈夫じゃないし、病弱な探検家と呼ばれているんですよ。もうしょっちゅうお腹を下すし。慣れてるんです、体を壊すことに。

井原　それはちょっとダメかも（笑）。

高野　まあそれもアリだなっていう気がするんですけどね。学生時代の友だちで、ラグビー部の凄いマッチョな奴《やつ》がいて、子どものときから二十歳までずっと風邪ひとつ引いたことがないって言うわけ。そいつが学生のときに初めてフィリピンに旅行して、屋台で何か食べて下痢しちゃったんですよ。そんなの生まれて初めてだったからショックを受けちゃって、もう絶対に外国なんか行かないって。だから、頑丈でタフな男は、意外に旅に向かないかもしれない。

井原　私も、昔タイに行ったとき、六月なのに生牡蠣《なまがき》を食べて、帰りのインド航空の飛行機で発症したことがありますよ。周りの乗客がみんな「コレラだコレラだ！」って騒いで、スチュワードが煎じ薬をくれたんだけど、飲んだ途端にさらに病状が悪化して（笑）。ようやく成田に着いて、病院に連れて行ってもらったんですけど、そこには整形外科の先生しかいなくて、まず「レントゲンを撮りましょう。はい、背中を伸ばして」。こっちは「生牡蠣食べて下痢しているる」って言っているのに「骨に異常ありません」とか言うんですよ。当たり前だろ！　みたいな。

高野　じゃあ、もう生牡蠣は食べない？

井原　そうなるかな、と思ったんですけど、けっこうすぐに食べられました。でも、真夏のタイで食べるのだけはやめました。

高野　懲りてない（笑）。やっぱりそれは旅の才能としては重要ですね。

井原　高野さんが旅好きになったきっかけは？

高野　そもそも、自分が旅好きかどうかは、よくわからないですね。嘘《うそ》でもいいから何か目的があって、何かを見に行くとか、何かを探しに行く。僕にとっては、その過程がおもしろいんです。結果的には、ただ旅が好きなような感じになっているんですけど。

井原　ヒマラヤ初登頂みたいな感じですか。

高野　そんな感じ。でも、実際の登山は、全然好きじゃないんです。登っても山頂に宝があるわけじゃないし、どうせ下りてくるわけだし。

井原　やっぱり、何かを探しに行きたい？

高野　そうですね。あとは、何かに巻き込まれていく感じっていうのも、旅のおもしろさですよね。突然ちがうことが起こっているっていう感じ。

井原　巻き込まれたことがないとわからないかもしれないけど、あれは快感なんですよ、辛いけど（笑）。

高野　誰かと一緒に、予定を立てて旅をしているときには、あんまりそういうことは起きないですよね。みんなちゃんとしてるから、危険なところには足を踏み入れないし、変な人について行かないし……。

井原　高野さん、いろんな人について行きますよね。あれはやっぱり、イケナイことだと思いますね。本を読みながら、「そこでついて行っちゃだめでしょ」って、何度も突っ込みました。無事に帰ってきているからいいものの。女性には絶対できませんよ。

高野　たとえ男でも、知らない人について行くのはあんまりよくないですよね（笑）。

井原　すごく緻密じゃないと、そういう旅はできないと思います。

高野　緻密？

井原　そう。私も一人旅が多いから、とりあえず情報を集めて、危険がないように緻密に勉強するんです。だから、どこに行っても無事に帰ってこられたんじゃないかな。高野さんも、まず最初に現地の言葉を習得してるじゃないですか。それは緻密じゃなければできないことですよ。

高野　まあ、僕の場合は、困ったときに言葉が通じれば、助けてもらえるだろうっていう甘い考えで。でも、現地の言葉が話せると向こうは親近感を持ってくれますから、「馬鹿な奴だけど、悪い奴ではなさそうだから助けてやろうか」ぐらいの感じになる。それと、言葉を勉強するときはネイティブから習うことが多いので、現地の情報、文化、習慣が自然に入ってきますしね。

井原 今、何カ国語くらい話せるんですか？

高野 どんどん忘れちゃうんですよね、現地に行くと思い出すんだけど。一週間ぐらいリハビリ期間をくれるなら……七つぐらい。英語、フランス語、スペイン語、リンガラ語、タイ語、中国語、ビルマ語。どれもなんとか旅行できるぐらいの残り方ですよ。

井原 すごい！（拍手）

高野 やっぱり「ご飯食べたい」くらいは話せないと困りますからね。

井原 バックパッカーをやっていた頃は、私も十七カ国語で「助けてくれ」と「トイレはどこですか」を言えるようにしていました。それを宴会芸にして、すっごい飲んだ後にスックと立って十七カ国語で「トイレはどこですか」って。

高野 素晴らしい（笑）。

井原 これまで旅してきた中で味わった、いちばんつらい食べ物って何ですか？

高野 つらいっていうのとはちがうんだけど、コンゴで食べたチンパンジーは嫌だったなあ。

井原　共食いみたいな感じがイヤだったんでしょうか？

高野　そういうのは全然どうでもいいんですけど。

井原　えっ、どうでもいいんですかっ！

高野　向こうの人間が料理するときって、ぶつ切りなんですよ。毛も焚火であぶって処理するぐらいで。だから塊の肉を食べると、女の人の髪の毛みたいなのがわーっと口の中に広がる（笑）。

井原　食べる前に毛を取り除くっていう発想はないんですか。

高野　毛が混じっているのはいつものことだから、それは平気なんです。ただ、他の動物の毛はけっこう短いけど、チンパンジーは長いんですよ。だから喉に引っかかっちゃう。あれは嫌だったな。

井原　たとえようもないほどイヤな感じですねえ。私は昔、中国の広州へ向かう列車の中で知り合った人に連れられて、とても高級なレストランでサンショウウオの刺身とか猿の脳みそとかを食べたことがあります。お店に入ると、動物の檻《おり》みたいなのがいっぱい並んでいて、そこを通っていくんです。

高野　おお、凄い。

井原　もう床とか血まみれで、蛇の切れっ端が落ちてたりするんです。ピクッピクッて痙攣《けいれん》しながら（笑）。

高野　そんなとこに、ついて行っちゃったんだ（笑）。

井原　へへ、実はついて行っちゃいました。まずは、ボーイさんが首に蛇を巻いて登場するんです。サクッと首を落として血をキュッキュッとグラスに絞って、そこに紹興酒を足して「食前酒でございます」。その時点で私はひそかに気を失いました。日本でも高級レストランだと調理する前に生きた食材を見せてくれますけど、あれと同じで、生きた犬とか猿とかを連れてくるんですよ。「これでいかがでしょう」「そこの部位はこう料理しろ」とか、そういう会話があって、しばらくたつとシチューになって出てきたり。

高野　それはきつい。少しは食べたの？

井原　しかたなく、できるだけ平然とたいらげたんです。「食べられません」って言うのは悔しいじゃありませんか。

高野　偉い！

井原　その後宿に送ってもらって「じゃあ、ごちそうさまでした」ってお礼を言ったら、「君は真のコスモポリタンだ」とか言われて（笑）。

高野　ちがうちがう。

井原　で、「ホーホホホ、そうかしら」って強がって部屋に戻ったんだけど、ドアを閉めた途端に貧血を起こして、ばたっと倒れました。それでね、二月のものすごく寒い夜なのに暖房もない安宿に泊まっていたんですが、朝、意識が戻ったとき、風邪を引いてなかったんです。身体がポカポカして。

高野　それは何故？

井原　だからやっぱり、犬とか蛇とかのおかげで精力がついたんでしょうね。

高野　熱い血潮が煮えたぎっていたんですね。

井原　その顛末《てんまつ》を恋愛エッセイに書いたことがあります。

高野　どうして恋愛エッセイにつながるんですか。

井原　当時付き合っていた彼が、「犬を食った女なんかとキスができるかー！」とか言ってアタシをつきとばしたから。

高野　（爆笑）

井原　おかしくない、おかしくない。それは辛い思い出なんですよ。振られたんですから。

高野　「犬だけじゃなくて猿も食ったんだ！」とか言ってやればよかったのに。

井原　「しかもサンショウウオも生でね♪」とかね。蛇の生き血も飲み干したし。

高野　僕は〈わざわざ変なものを探して、わざわざそこまで行って食べる〉をテーマにしてたことがあって、セミのピザを出す店がタイの田舎にあるという話を聞きつけて、取材に行きましたよ。まあ、タイ人の知り合いの話だから半分ぐらいはガセネタかなーと思ってたら、本当にあった。しかもシェフがイタリアで修行してきたという本格的な店。だけどセミピザはスペシャルメニューだから今はないんだって言われちゃって。でも、ここまで来たんだから食べたいって言ったら、市場で買ってこいって。で、セミとかゲンゴロウとかタガメとか、そういうやつを買ってきて、頼んだんです。

井原　昆虫採集みたいですねえ。

高野　そうそう。だけど、虫以外はちゃんとしたピザなんですよ。タイは暑いところなのでチーズはほとんど輸入されていないんだけど、そこではちゃんとモッツァレラチーズを使ってて、食べると美味《うま》いんですよ、虫ピザ。でも一つ言えることは、この虫がのってなかったら、もっと美味いよなーと（笑）。

井原　わがまま言って、ムリヤリつくらせておいて（笑）。

高野　だってピザって生地がサクッとしていて、チーズがやわらかくて、っていうイメージでしょう。そこに虫が入ると口の中でガサガサ、ガサガサしているから、これさえなきゃなあって。

井原　そういうスペシャルメニューとかハレの日の伝統料理って、けっこう厄介なものが多いですよね。

高野　それは言えるかもしれない。

井原　中国雲南省に取材に行ったときに教えてもらったんですが、イ族という少数民族の伝統料理で「三《スリー》ズー料理」というのがあるんです。

高野　三種類の何か？

井原　生まれたてのネズミの赤ちゃんを刺身で食べるんです。活き造りで。最初に箸でつまむと驚いて「ズッ」と鳴くんですって。それでお醤油《しょうゆ》につけるとまた驚いて「ズッ」、口に入れて噛《か》むと断末魔で「ズッ」。それで「三ズー料理」。それを食べに行ってみますか、どうしますかって訊かれたんですよ。

高野　行きましたか。

井原　イヤイヤ、とんでもない（笑）。

高野　噂《うわさ》のダーリンとは旅行に行ったりするんですか？

井原　海外取材先に現れて、ディナーに誘ってくれたりしますね。

高野　現れちゃうんだ。

井原　そう、どこにでも現れるんです。ただ、彼も旅好きなんだけど、いわゆるアメリカ人的なんですよね。いいホテルに泊まって現地の文化とは距離をおいて楽しみつつ、ホテルのレストランでおいしいものを食べたい人だし、食肉市場で生きている犬を見たりすると青ざめちゃうし（笑）。

高野　誰かと一緒の旅は、それはそれでおもしろくて楽しいけど、一人旅とはまた別ものですよね。自分一人の判断だけでは予定変更ができないから、思わぬ方向へ転がっていっちゃう感覚がないし、意外性が少ない。

井原　私の場合は、一人旅の絶対的な孤独感を満喫したくて、それを追っかけて旅に出るところがありますね。誰かといると、興味の半分はその人に向いちゃって、旅をフルに味わえないなって、いつも思っているんですけど。

高野　それはありえますね。

井原　イスラエルのネゲブ砂漠で見た星空がすごく綺麗だったんですね。誰かと分かち合いたいと思ったら涙が出てきちゃって、詩とか書いちゃったりして（笑）。だけど、もしこの孤独感がなかったら、満天の星空を見ながら「ねえ、星が綺麗」とか言わなきゃいけないじゃないですか。でも、しみじみと一人で詩とか書きながら、星空を見るというのは、すごくいいものがありましたね。

高野　寂しさもあるし、決して好きなわけじゃないんだけど、いい。

井原　人と一緒だと、何かが実現できないんですよね。それに、人といると困らないし……困りたいんですかね？

高野　困りたいんでしょうね（笑）。懲りずに困りたい。

井原　すごいダメ人間な感じ……。ところで高野さん、この先はどんな旅がしたいですか？

高野　なかなか実現できていないんですが、一つは「西南シルクロード・象の旅」。西南シルクロードというシルクロードの裏街道が、四川省の成都からミャンマーを通ってインドまで達してるんですね。以前、陸路で踏破したことがあるので、今度は象に乗って行きたいって言ってるんだけど、みんなからバカ扱いされて（笑）。あとは「イスラム飲酒紀行」というのを前から考えてるんです。

井原　飲酒旅行？

高野　そう。僕は酒が好きなので、一日の終わりには一杯飲みたいんだけど、イスラム圏って基本的にお酒がないですよね。だから、そこでなんとか酒を探して行くという。

井原　いいですね。人間ですからね。絶対、密造酒とかをつくっている欲望のたまり場みたいな場所がありますよ。私はあまり南アメリカに行ってないから、チリやペルー、ガラパゴス諸島とか行きたいですね。

高野　きっとまた現地の人に誘われて、ゾウガメ食べない？　とか言われたりするんでしょう。

井原　そうそう。ゾウガメの茹《ゆ》で卵《たまご》とかね。それだけでお腹いっぱいになっちゃったなーなんて（笑）。あとは、中国の少数民族の生活――伝統料理とか結婚の習慣とか、もっと見たいですね。

高野　お互い、全然懲りてないですね（笑）。

中島みゆきは外国の夜行によく似合う

私はいたってアナクロな人間で、海外の旅先で音楽を聴くのはもっぱらカセットテープによる。カセットはかさばるからたくさんは持って行けない。せいぜい五本くらいだ。セレクトは毎回ちがうけれど、必ず一本は中島みゆきを混ぜることにしている。

中島みゆきは外国での「夜行」にものすごく合うのだ。夜行はなんでもいい。列車でもバスでも飛行機でも。聞きなれない言語でのささやき、香辛料やお香や体臭、不規則な振動と揺れ、しかし車内は暗くて誰が誰ともつかない……。そんなところで中島みゆきを聴くと、「あー、これからいったいどこへ流れてしまうのだろう」という、感傷的な気分に思う存分に浸れる。

なぜ、中島みゆきがこうも夜行に合うのか。彼女の歌は恋に破れた歌、人生に疲れた人の歌が多い。その暗さと人生の不確かさ、つまり歌詞の内容が旅の感傷にフィットするんだろう。と思っていたのだが、最近、ある女性音楽家に「中島みゆきは夜行にいい」という話をしたら、彼女は言った。「ああ、わかる。きっと井上陽水もいいでしょうね」

虚を突かれた思いだったが、得心がいった。陽水の歌が夜行に合うことがなんとなく想像できたからだ。そして、気づいたのだが、ポイントは歌詞じゃない。声なのだ。異国の夜行という特殊状況下では、中島みゆきの日常を突き破ったような歌声がシャーマン的な響きを伴って「あの世」へ誘うのだ。きっと陽水もそうなのだろう。早く次の夜行で試してみたい。楽しみだ。

現場が一番おもしろい！ エンタメ・ノンフィクション宣言

内澤旬子 一九六七年生まれ。印刷・製本、トイレ、屠畜などをテーマに世界各地の取材をするイラストルポライター。主な著作に『センセイの書斎』（幻戯書房）、『世界屠畜紀行』（解放出版社）、イラストを担当した共著に『印刷に恋して』（晶文社）、『「本」に恋して』（新潮社）、『東方見便録』（文藝春秋）などがある。

高野 今年（二〇〇七年）の春、沖縄へ向けて自転車で旅をしていたとき、内澤さんの『世界屠畜紀行』と出会ったんですよ。

内澤 『本の雑誌』で取り上げてくださっていましたよね。旅の途中で読んだと書かれていましたが、どちらにいらしたんですか？

高野 高知の四万十《しまんと》市ですね。探検部時代の先輩の家にしばらく厄介になっていたんです。そこへ東京の知人が送ってくれたんですが、半分ぐらい読んだところで出発することになって、先輩が読みたがるから置いて行ったんです。沖縄到着後にもう一度入手して、最後まで読ませていただきました。

内澤　そういう読まれ方はうれしいですね。ありがとうございます。

高野　誰にとっても身近だけれど、誰もちゃんと取材していなかったことを取り上げて、かつ読み物としておもしろい。同じノンフィクションの書き手として、悔しさを覚えました。一般の人たちは、なかなか屠畜を見る機会がないですよね。でも、僕はこれまでの探検でたくさん見てきたんです。そこに気づけなかったというのも悔しい。

内澤　あの本は「タブーに踏み込んでいる」として評価してくださる方が多かったんです。でも、高野さんの書評には屠畜をタブーとする視点がまったくなかったのが印象的でした。きっと高野さんは、アフリカでもアジアでも、現地の人たちが動物をつぶしているのを見て、ほんとうに自然に「うまそう」と思って食べていたんだと思うんですよ。だから、ご自身のテーマとしても、ことさらに取り上げていく気にはならなかったんじゃないですか？

高野　それはあるかもしれません。

内澤　実は私、書評で取り上げてくださるまで、高野さんの作品を読んだことがなかったんです。もともと、他人の旅行記は読まないほうで。

高野　いや、僕もそうですよ。

内澤　そうなんですか。どうして？

高野　自分で書くからかもしれない。

内澤　私は、行きたくなっちゃうと悔しいからですね。だから逆に高野さんの行ったところは、あんまり行きたいと思わないから大丈夫でした（笑）。「私もそこに行って猿食いてえ」とかは。まあ、猿は食べたいことは食べたいんですけど、そんな苛酷な思いをしてまでは……と思ったりして。でも、とてもおもしろかったです。

高野　どのあたりが内澤さんのアンテナに引っかかりました？

内澤　いちばん好きなのは『アヘン王国潜入記』ですね。ある場所に長く滞在して、最初から最後まで地道に調査していくスタイルがもともと好きなんです。ただ、学者の先生が書いたものとかは、地味すぎておもしろくないことが多いんですよ。それに比べて、高野さんは文章がすごく上手で。退屈させない。

高野　ありがとうございます。ところで、最近僕は、エンタメ・ノンフィクションというジャンルを提案しているんです。おもしろい読み物であることを第一義にした直木賞的ノンフィクションのことを「エンタメ・ノンフィクション」という一つのジャンルとして認めてほしいと思っています。そういう意味では、『世界屠畜紀行』はまさにエンタメ・ノンフィクションの名著ですよ。

内澤　光栄です。ただ、私の場合は単にバカだから難しく書けないだけなんですが。しかしこういうふうにジャンル付けされるとホッとしますね。こういうの、書いててもいいのかなと。

高野　編集部からの宿題で、旅の七つ道具を持ってきました。僕の場合は場所や目的によって持ち物がまったくちがうので、七つ選ぶのが大変で。最終的には使い捨てのコンタクトレンズ、大小のノート、ハッカ油、蚊取り線香、ヘッドライト、辞書になりました。

内澤　海外だとコンタクトなんですか。

高野　眼鏡をかけていると、明らかに外国人だとわかるんです。ミャンマーの僻地《へきち》やアフガニスタンのようなところでは、外国人というだけでマズイことがけっこうあるんで必需品ですね。ノートは、小さいのはメモ帳として常に携帯しています。大きいほうは日記。旅先では毎日日記をつけているんですが、そもそもは出納帳から発生しているんです。まずは、前の日にお金を何に使ったかっていうのを書きたいと思って始めたんです。使えるお金が限られているから。

内澤　手持ちのお金って、ちゃんと毎日計算してました？

高野　計算はしないんだけど、一応何に使ったかって書くと「ああ、きょう使いすぎたな」と思うでしょう。まるで主婦感覚なんだけど。そこから派生して、前日に見聞きしたことをまとめるようになったんです。続いては東南アジアでよく使うもので、ハッカ油と蚊取り線香です。現地の人たちは、頭痛がするとか貧血になったときにハッカ油を使っているんですけど、これ、僕は虫よけに使っています。

内澤　体に塗るんですか。効きます？

高野　これがいちばん効くんですよ。

内澤　蚊取り線香を持ってるっていうことは、けっこう、虫に対して……。

高野　いやあ、もう、僻地はね、虫！　とにかく虫との闘いですよ。こういうのも現地で調達すればいいんだけど、ときどき、いきなり拘束されたりするから。

内澤　えっ？　拘束？

高野　現地では何が起きるかわからないんです。買う間もなく、どこかに閉じ込められて出られなくなっちゃうこととかあって。しかも、そこには蚊がたくさんいたりして……。やっぱり蚊の問題は大きいですよ。それから、毎回必ず日本から持って行くのはヘッドライトですね。これだけは絶対外せない。懐中電灯だと片手しか使えないでしょう？　何でこんなに優秀なものが世界に普及していないのか、不思議でしょうがないですよ。

内澤　ずいぶん小さくなったんですね。私も持ってますけど大昔に買ったから装着すると頭が痛くなって、いつの間にか旅に持って行かなくなりました。

高野　現地に行くと、みんな「くれ」って言うから、帰りにあげてきちゃうんですよ。世界中の僻地で販売したら売れると思いますよ。七つ道具のラストは辞書ですね。探検に行くときは、必ず現地の言葉を読み書きできるように準備しているんです。だから、辞書というか、言語が七つ道具の一つかもしれない。

内澤　行く前にその土地の言語をちゃんとマスターするというのが凄い。

高野　いや、マスターなんて全然。現地の言葉をちょっとしゃべる程度です。僕は何にも特技を持っていないけど、現地語だったら何をしゃべっても受けてくれるんですよ。そうすると場も和むし、話題も持つ。話題といっても「それ、何て言うんだ?」って現地語で訊くだけなんですけど、一度つながると、あとは僕が「もういいよ」って言ってても、どんどん教え続けてくれる。

内澤　私も各国言語をかじりますが、なかなか使えるまでにはならない。文字を覚えるのは好きなんですけど。

高野　形のおもしろさですか?

内澤　好きなんですよね。ハングルもそうですし、ロシア語もキリル文字は覚えましたね。ただ、そこから先の文法とか聞き取りとかになると、ダメ。それに、八〇年代はハングルをしゃべれるだけで喜ばれたのが……。

高野　今、どこもそうですよ、世知辛くて（笑）。タイでもね、昔はタイ語をしゃべると「うまいね」「えーっ」とかって感心されたのに、いきなりスルーされたりする。
内澤　それはタイ人だと思われているからではなくて？
高野　タイ語を話せる外国人は今どき珍しくないんですよ。「あ、タイ語しゃべれるの。うまいね」って言うことは同じなんだけど、一応言わないと悪いなって気をつかわれている。
内澤　へえー、日本でもずいぶん、たくさんの言語を勉強できるようになりましたもんね。
高野　昔は勉強するだけでも、ものすごく大変だったんですけどね。今はもう『旅の指さし会話帳』もあるし。僕も最近は愛用していますよ。辞書よりずっと軽いし、すぐにぱっと取り出せる。雑談に使うと、国によって反応にちがいがあっておもしろいですしね。
内澤　私の「七つ道具」は、旅というよりは取材道具で、しかも七つですらありませんが。絵具と筆のセット、スケッチブック、ガムテープ、カッター、木工ボンド、デジタルカメラ、巻尺、方位磁石。
高野　カッターとか木工ボンドはどういうときに使うんですか？
内澤　スクラップみたいなものをつくったりするときとか。工作道具は一式持ってないと落ち着かない。現地調達もよくします。中でもカッターは常に持っていないとダメですね。だから、飛行機に乗るときに取り上げられると、ほんとうに腹が立って。

高野　スケッチブックにもいろんなものが切り貼りされてる。内澤さんはスケッチの印象が強かったけど、水彩で描いたりもしているんですね。

内澤　スケッチができるのはあったかい国に限るので。寒いところでは全然やらないです。やる気が起きなくて。

高野　スケッチブックは外で広げるんですか？

内澤　外で広げて描いたりもしますが、アメリカなど先進国は街に座って広げて描く場所がないんですよ。そういう国は、メモとスクラップだけ。スクラップすらやらないときもある。ムラがありますね。

高野　現地の言葉が書き込まれていますけど、これはペルシア語？

内澤　このときはペルシア語学習の旅だったので、頑張ってちゃんと文法を習ってから行ったんです。ただし教科書はいわゆる新聞で使われている、いわば明朝体みたいな文字だったんですね。だから草書体のようなナスヒ体にはなかなか対応できなくて。

高野　向こうでは、そういうちょっと変わった書体も、普通の人が使っているんですよね。

内澤　そうなんですよ。街の標識までナスヒで書いてあるから、「○○通り」というのがあってもすぐに反応できなくて。

高野　アラビア文字って、横一線につなげて書くんじゃなくて、ときどき上下するでしょう?

内澤　手書きは特に。一つの単語が上下に離れて書かれている。こうなると、困ります。読めません。

高野　こうして見ていると、絵が描けるってほんとうに素晴らしいですね。

内澤　でも、海外の屠畜場の取材ですと、中にいられる時間が短いし、スケッチはできないです。どんどん作業が進んでしまうので、デジタルカメラで記録していきます。結局、スケッチを描いたり色をのせたりするのは、わりとゆっくりしていられるときなんです。だから、取材ばっかりしているとスケッチができなくなってつまんなくなることもあります。

高野　これだけ七つ道具をそろえていると、ものすごく旅慣れている感じが漂ってきますね。

内澤　全然。いまだに旅の達人になれないんですよ。荷物はいつも無駄に多くなって、たいてい肝心なものを忘れます。

高野　内澤さんの最初の一人旅はいつ、どこでだったんですか?

内澤　学生の頃はあまり海外に興味がなかったし、まさかイランだのイエメンだのを一人旅するような将来が訪れるとは思っていませんでしたね。

高野　ほんとうですか？

内澤　家が厳しかったこともあり、大学の四年間は、ほとんど海外に行ってないですよ。たまたま卒業旅行で一人はぐれちゃって。そこで一人旅をするはめになったから、一人旅を続けているだけなんです。今でも基本的にはそうですけど、警戒心が強いんですよ。騙《だま》されるもんか、盗られるもんか、みたいな気持ちが強くて。

高野　そんな人がどうしてはぐれちゃったんですか？

内澤　行きの成田で。

高野　えっ、行きで？

内澤　女子大生四人でアテネへ向から旅だったんです。アエロフロートのモスクワ経由で。ただ、私だけ申し込みが遅くなったので、他の三人とちがう便でモスクワまで行って、そこで合流する予定だったんですよ。そうしたら、成田でコンピューターが壊れて、彼女たちの便が二十四時間遅れになってしまい、モスクワでの乗り継ぎに間に合わなくなってしまった。それでアテネに一人で降り立ったというわけです。しかも夜中に。『地球の歩き方』も持たずに。ていうか、その存在すら知らずに。

高野　他の三人とは合流できずじまい？

内澤　謝恩会の会場でようやく会えました。

高野　再会できるまでに、ものすごい移動距離がありますよね、時間もかかっているけど（笑）。

内澤　彼女たちをアテネで一週間待ってたんですが、待ち合わせのホテルに来ない。で、現地で知り合った旅馴れた人たちが見るに見かねたんでしょうね。「一カ月も海外にいられる機会はもうないんだから、いろいろ行ったほうがいいよ」って。「じゃあその安い宿の住所が載ってる『地球の歩き方』をちょっともらえますか」みたいな。ちょっとずつページを千切ってもらったりとかして。

高野　いきなりデビューしたんですねえ。僕も他人の旅行記にはほとんど目を通していなかったのですが、対談の前に内澤さんと斉藤政喜さんの共著『東方見便録』（文春文庫）を読んでいたら、すごく懐かしくておもしろかった。アジア各地のトイレを取材した本だから「あー、あった、あった！」っていう話が多くて。いちばん懐かしかったのは、豚がウンコを食いに来るっていうね。

内澤　豚トイレですね。どちらで？

高野　僕は『アヘン王国』取材で入ったミャンマーのワ州で。その後、シルクロードを歩いたときも、山の中の村にはどこも豚がいました。「なぜかウンコしようとすると、豚がかぎつけてくる」ってあったでしょう。まさにそうなんですよね。いろいろな用事で村の茂みに出かけるんだけど、ふだんは豚はやってこない。だけど、ウンコしようと思って行くと、すぐね。

内澤　何かこう、忍者のように音もなく近づいてきますよね。はっと気づくと、あそこにも、ここにもみたいな感じで見ているんですよ。

高野　する前から、ものすごく接近しているやつとかいて。そういうの、すごく腹立ちますよね（笑）。けとばしたり、棒で叩いたりとかして、落ち着いてやらせろと闘ってました。

内澤　ワ州の村では、豚はどれぐらいの大きさまで育てていたんですか。

高野　子豚と大豚の二パターンがありましたね。儀式の規模とか重要性によって動物が変わってくるんです。いちばん簡単なのはネズミで次が鶏。もう一ランク上になると子豚で、その次になると大豚か牛かどっちか。

内澤　へえー。

高野　一匹の子豚が大豚に育つまで、二年ぐらいはかかりますね。毎日毎日、すごい食べるし。豚を飼うのは、ほんとうに大変なんですよ。人間の手のかかっているもの以外はまったく食べないから。人の体から出るもの以外では、野生のバナナの幹をざくざくと切って、大鍋でぐつぐつ茹でたものが多かったかな。

内澤　生じゃなくて茹でてあげるのは、豚が持っている消化酵素の関係なんですかね。たしか、人間と似ているんですよね。

高野　そうそう。ごくたまに草を食べていたりもしましたけど、たぶん、胃もたれしているとか、そういう理由だと思います。

内澤　森に放牧したりはしないんですか？

高野　いや、逃げたり畑に入られたりすると困るから、村から出ないようにしているんです。よく、三角形の木の枠を首につけていましたよ。畑を囲む柵の中に首が通らないように。

内澤　ペット用のエリザベスカラーみたいな？

高野　そうそう。だから、豚をつぶすっていうのは、大変な話なんですよ。

内澤　ふだんは野菜や穀物だけの食生活をしていたら、たまに肉を食べたらほんとうにおいしいって、みんな思うでしょうね。「にくううううっ！」みたいな感じで。

高野　子どもが生まれたとか、死んだとか、病気になったから祈禱《きとう》するからとか、そういう儀式のたびに肉を食べられるんですけど、その日はみんなが次から次へとやってきて、「肉食えるぞ。きょう、肉食えるぞ」って。

内澤　事件というかイベントですね。どうやって食べてました？

高野　煮てましたね。塩味だけで。

内澤　それだけイベントになっていれば、殺したときに豚がキーッと鳴いても、全然オッケーなんですか？　可哀想という反応はありますか？

高野　いや、オッケーとか可哀想とか、そういう発想そのものが……。

内澤　ない？

高野　ない。コンゴの人もそうですけど、畑から大根を抜いてくるとかっていうのと全然変わらない感覚。まぁ、豚のほうが価値がありましたけど。肉にするための作業としては、いろいろなやり方がありましたね。棍棒《こんぼう》で叩くとか、殴るとか。あと、大きいと殴ってもなかなか死なないので、窒息させるんです。丸太みたいな棒を押しつけたりとか。

内澤　高野さんは参加したことありますか？

高野　それがないんです。たくさん見ているんですけど、現地では肉そのものが貴重なんですよ。みんなが食べたいわけでしょう。

内澤　だから、変にいじられたくない？

高野　そうそう。素人《しろうと》がやって失敗したら、目も当てられない。ほら、料理がすごくうまい人の家に遊びに行って、何かちょっと手伝わせてとかって言いにくいでしょう。ああいう雰囲気なんですよね。

内澤　初めて屠畜の現場を見たのはどこで？

高野　初めてはやっぱりコンゴですね。猿でした。

内澤　やっぱり最初は頭がいっぱいになりましたか。

高野　いや、最初は「すげえな」と思ったりするんですけど、すぐ慣れちゃうんですよね。
内澤　すごい適応力。
高野　適応力というか、周りの空気にすぐ影響されてしまうんです。自分を強く持っているわけじゃないから、周りの人たちがみんなそういうものだと思っていると、平気になっちゃうんですよ。猿は毛を焼ききると、赤ん坊にそっくりなんです。大きさも形も。で、それを……。
内澤　最初に見たときは衝撃がありそうですね。
高野　「これを食うのかー」とは思いましたね。でも周りは、わいわいと楽しげに食べているので。
内澤　他の探検部の方たちも、すぐに適応していったんですか。
高野　あっという間ですよ。うん。ほんと、あっという間。
内澤　全員？
高野　他に食べるものもないし。
内澤　やっぱり空腹には勝てないんだなあ。
高野　そもそも屠畜の現場を取材したい気持ちがスパークしたのは、何がきっかけだったんですか。
内澤　最初は手製本から入ったんです。素材の一つである皮革に興味を持って、皮なめしの現場を取材しようとしたんですけどダメで。出口がダメなら入り口から攻めたらどうかと、原皮を供給する屠畜場を取材しようと考えたのが始まりです。

高野　最初から何か一点に狙いを絞って取材をしていくというよりは、取材をする中で次のテーマが見えてくるほうなんですね。

内澤　自分の中では製本の材料に関することで限定してきたつもりなんですけど。皮なめしの現場を見るはずが、いつの間にか屠畜もちゃんと知りたくなって。日本のことなのにわからないことが多すぎたので、海外の屠畜と比較をしてみたくなり、海外と一口に言ってもさまざまな文化圏があり……。かなり壮大な寄り道をしてしまった（笑）。今も皮なめしの取材は続けています。昨年はオレゴンの山奥でアメリカ先住民の脳漿《のうしょう》なめしのワークショップに行ってきたんですよ。脳みそを生皮に揉《も》み込むんです。

高野　へえー。

内澤　石器時代にはすでにあったという、いちばん原始的かつ基本的な方法です。アフリカにも残っているようですね。

高野　「なめす」というのは、具体的にどんな工程を指すんですか？

内澤　皮が腐らないように、かつしなやかさを保つために施す化学変化なんです。動物の生皮から脂肪と毛を全部取るじゃないですか。毛は焼いて取ろうとすると使い物にならなくなるので、灰汁《あく》とかに浸けて剝ぎ取るんです。その処理をした生皮に、何かのなめし剤を揉み込む。エスキモーは皮を噛んで、唾でなめしている。脳漿なめしのいいところは、とれた動物の脳を使うから、無駄が省けることです。時代とともになめし剤がタンニンやミョウバンなどになったりして、十九世紀以降は3価クロムによるクロムなめしが主流になっていく。

高野　次なるテーマは「皮」なんですね。

内澤　そうなんですよ。でも、めちゃめちゃ地味じゃないですか。テーマとして。

高野　いやあ、今さら何を（笑）。地味とか派手とかとっくに超えているんじゃないですか。

内澤　でも、これを本にまとめても絶対誰も買ってくれないだろうと思うから、もう自費で取材するしかないし、ほんとうにちんたらやっています。次はミョウバンなめしをやっているところに習いに行きたいんですけど。

高野　そういう姿勢は、ほんとうに凄いですよ。僕は『世界屠畜紀行』を読んで、かなり反省したんです。

内澤　何でですか？

高野　僕は興味の対象がどんどん目移りして継続しないんですよ。

内澤　でも高野さんは、UMAというジャンルの中で一貫して探検を続けているじゃないですか。もちろん他の取材もされていますけど。

高野　基本はいつも同じなんです。いろんな人がいろんなことを言っているんだけれども、ほんとうのことはわからないのだとしたら、その正体をはっきりさせたい気持ちがものすごく強いんですよ。内澤さんにも、何か近いものを感じるんだけど……。人が今までやっていないことをやっているわけでしょう？

内澤　でも、高野さんの探し物は「ないかもしれないもの」でしょう。よくそこに行けるなって思うんですよ。私、ないかもしれないものは見に行きたくないから。

高野　いや、ないかもしれないものとか、あるかもしれないものを見に行っているわけじゃないんですよ。

内澤　というと？

高野　あるかないかわからないものの真相は何なのかということを見に行ってるんです。

内澤　ムベンベの鱗《うろこ》がほしくなったりはしないんですか？

高野　あればほしいけど。

内澤　それはメインの目的にはなっていないのか。

高野　物に対する執着は、ほとんどないんですよ。だから、別に自分のものにしたいとか、そういう気持ちも何もない。

内澤　一般的なUMA好きは、UMAそのものに執着しているんでしょうね。

高野　そうそう。UMAが好きで、存在してほしいと思っている。でも僕はそうじゃない。例えばネッシーは、それだけが単体で存在するわけじゃなくて、仮にいたとしても、現地の環境になんらかの理由が加わって存在するわけでしょう。場所と切り離すことができないはずなのに、UMAファンはそこにはまったく興味を持っていない。だから、UMAファンとはまったく話が合わないし、そもそも普通の人はUMAに興味がないから話が合わないわけで、結局は誰とも話が合わない……。

内澤 話が合う人がいないという点では、高野さんと私は話が合いますね（笑）。私も、誰ひとりいませんもん。孤独ですよ。

高野 そうですよね、ある意味では。好奇心がどんどん進んでいって、共同体の中にいられないから。

内澤 共同体の中にいることじゃなくて、知りたいことを追求しているときに満足できるんでしょうね。

高野 「壮大な寄り道」の先にある、現時点での最終的な目標地点はどこなんですか？

内澤 中世の本が好きなんですが、そこで使われているのと同じ革が手に入らないので、それを自分でつくりたいですね。

モロッコには十六世紀頃につくられた砂漠の中の図書館があって、そこにたくさん収蔵されている写本を見たときにやられたんです。「すげえ！」と。ただ、どうアプローチしていいのかわからなくて、最初はアラビア語が読みたいのかと思って勉強をしたり、アラビア文様を書けるようになりたいのかと考えて練習したりしたんだけど、どうも本の素材にやられているようだと気づいて……。世界各地で写本を見ていくうちに、これはどうも自分でつくってみないとダメだと思ったんです。
　その後、製本を習いに行くんですけど、十九世紀に完成されたフランスの製本工芸のスタイルがまったく合わなくて。結局私は、中世の本と同じものをつくりたいだけで、最高峰と言われる精度と美をたたえた本には興味がないんだなと……すみません、変な話で。
高野　いえいえ。凄くおもしろいです。
内澤　私たちが今、浅草とかで買える革っていうのはクロムなめしが主流で、わずかにタンニンなめしの革があるという状況。選択肢がめちゃめちゃ限られているんです。そうすると、自分がつくりたいような本をつくれないんですよ。
高野　源流はそこにあるんですね。
内澤　それで、自分がほしい革は何なのかな、クロムなめしの革と何がちがうのかなと考えたり調べたりつくったりして、ようやくアレかなというのが見えてきた。
高野　へえー。
内澤　もう、あれですよね。ＵＭＡと同じぐらい誰もついてこられない話ですよね。
高野　いや、ＵＭＡのほうがもっと普遍性があるかも。

内澤　そうか……（笑）。

高野　内澤さんをはじめ、絵を描く人って物事をよく見ていますよね。注意力、観察力がちがうんでしょうね。

内澤　見ている場所がちがうっていうのはあるかもしれない。

高野　そうそう。物をよく見ている。

内澤　だから結局、興味が物に行っちゃうんですよね。

高野　僕は言葉の人間なんで、ストーリーに行くんですよ。物はなくなっても困らないんだけど、ストーリーには執着があるんですね。

内澤　製本と同様、これは！　と思える物に出会うと、自分もほしいと思っちゃうんですよ。例えば、幻の魚の鱗でできた仏像を見たら、その魚を探しに行って、鱗を取って、その仏像と同じのをつくりたくなる。そういう方向になってしまうんです。

古い本を見るためにいろいろな国に行っているんですけど、実はいちばん美しい、価値のある貴重書って、みんな白人が持ってっちゃったから、欧米諸国にあるんですよ。南アジアの椰子《やし》の葉っぱに書かれた本だって、大英図書館のオリエントルームで見たほうが効率がいい。だけど、そんなエアコンが効いたところで見て楽しいかなと。窓の外見たら椰子の葉っぱが茂っているところで見たほうが絶対いい。椰子の葉っぱも入手できるしね。どうして椰子の葉っぱでつくったのか、その土地の湿度や温度を感じながら実際にさわらないと腑《ふ》に落ちない。自分の目で現場を見たいし、自分で実際にやりたいんです。

高野　内澤さんの本がおもしろいのは、まさに現場の雰囲気っていうのがすごくリアルなところですよ。何かを見に行っても、人によって反応もみんなちがうし、通訳と運転手がまるっきり反対のことを言ったりする。それがほんとうなんですよね。

内澤　言葉ができたら、もうちょっと訊けるのにとは思いますよ。現場の人が何かを言っているときに通訳に訊いても、「ああ、別に大したことない」と流されることがしょっちゅうあるから。

高野　「くそっ」とか、そういう思わず口をついてしまったような言葉が聞きたいんですよね。それこそがほんとうの言葉だから。でも、通訳を介してしまうと、ちがう言葉になってしまう。

内澤　私が聞きたい言葉をちゃんと拾ってくれる、同時通訳のような感覚を持っている人を見つけるのが難しいですね。結局、予算の関係で一人しか雇えないから、現場にちゃんと入れる交渉能力を持っていることが優先になって、言葉はちょこっとできるぐらいの人を雇うしかないから。

高野　痛いところですよね。

内澤　何を取材したいのかを通訳の人に説明するのが大変。差別とは、なんて日本では難しすぎてなかなか話せないことを、恐ろしく単純な日本語で熱弁したり。

高野　現地に行って最初の二、三日は使い物にならないですよ。「そうじゃなくて、俺が聞きたいのはこういうことなんだ」っていう調整期間が必要。実際には、証言をしている人が明らかに勘違いしていることもあるんです。でも、その勘違いも含めて聞きたいわけです。

内澤　そうそうそう。それを通訳が勝手に修正しちゃうんですよね。手短にまとめてしまったり、自分の意見を混ぜてきたりする。

高野　僕はもう諦めている部分があるんで、取材前に説明をしないときもあります。とにかくそのまま知りたいんだ、それが事実かどうかの問題じゃないんだということを現場で繰り返し繰り返し口にしていると、だんだん通訳も慣れてきて、自動的にちゃんと訳してくれるようになりますね。毎回、その繰り返しです。内澤さんが書いていらっしゃいましたけど、肉をさばいているから肉のことに集中して、みんな肉の話をしているかというと、そんなことありえないんですよね。よそ見をしたり、バカ話をしてゲラゲラ笑ったりとか。

内澤　だって現場ってそういうものなんですよ。

高野　そう、日常だから。

内澤　そういう一見関係のなさそうな、主題を取り囲む日常のごちゃごちゃがあって、主題にリアリティが増す。高野さんのＵＭＡ作品はまさにその手法で、現地の人たちのどうでもいい意見やリアクションのディテイルをうまいこと積み上げて、実体のないＵＭＡを描いていらっしゃる。怪獣が湖から出てくるときの、マニアにとっては感動の瞬間をとらえるよりも、よっぽど現場の雰囲気がわかるし、おもしろいんです。

暦——辺境地の新年を考える

「外国の人は新年をどう過ごすんですか?」という質問をときおり受ける。もちろん、私が行ったことのあるアジア、アフリカ、南米などの国を念頭に置いた質問なのだが、これがなかなか答えづらい。

というのは、外国にははっきりした「新年」というものがない国が多いからだ。

いや、それも正しい表現じゃないな……。

また、困惑モードに入ってきたので、例を挙げよう。

私がしばらく生活したタイ。ここは、まず西暦でなく仏暦を使っている。公式文書でも日常生活でもだ。タイの仏暦は、釈迦が涅槃《ねはん》に入って一年後の紀元前五四三年を「紀元」とする。だから西暦に五百四十三を足すと仏暦になる。今年(二〇〇六年)は仏暦二五四九年となる。

ところが、一年の暦は私たちと同じように、西洋のものを使っている。だから、タイのカレンダー通りの「新年」は一月一日である。比較的近年に導入したもののようで、そこには何も意味がない。単に名目上の「新年」でしかなく、一月一日は一応その日だけ休日だが特別何もしない。三十一日の晩に、若者たちがディスコやパーティに繰り出すくらいだ。

ではタイ人にとって「新年」とは何かと言うと、それは四月に行われるソンクラーン祭である。

毎年、四月の十三日から十五日まで、人々はお寺にお参りに行き、道行く人に片っ端から水を掛け合う。別名「水掛け祭」と言われる所以《ゆえん》だ。水を掛けるときは「新年おめでとうございます！」と声をかけるから、やはりこれがタイの新年と判断してよいのだろう。

なぜ、四月のこの時期が新年になるのかよくわからないが、太陽が白羊宮の真ん中に達する時期だと言う。これはインドの暦法に基づいているから、インド起源なのは間違いない。

ほんとうは太陽が白羊宮の真ん中に達するのは春分の日である。太陽が真東から昇り真西に沈む特別な日を、古人は聖なる日と考えたのだろう。ただしタイでは暦の微妙な誤差が積み重なり、長い年月の間に実際の春分の日と三週間ほどずれてしまったらしい

（ちなみに、インドでは誤差を調整しているので、今でも春分の日前後に似たようなお祭「ホーリー」を行う。もっともインドではそれが新年でないというのがややこしい。インドでは十月末が新年である）。

だが、これが「新年」だとしても、タイ人は私たち日本人のように、「ここで年が改まる」という、区切りのイメージはまったく抱いてないようだ。カレンダーの年も変わるわけでないし、会社が一年の決算を出すわけでもない（それは西暦カレンダー通りである）。ただ、一年でいちばん盛大なお祭をみんなで楽しんでいるという印象である。


名目上の新年、伝統的な新年の他に、タイではもう一つ、新年ではないが、新年以上に年の変わり目を感じさせる時期がある。

六月だ。私は大学で日本語講師をしていたからよく実感できるが、六月の第二週から新しい学年が始まる。これは小、中、高もほぼ同じだ。

どうして学校年度が六月開始なのか。これはひじょうにわかりやすい。

タイ――そしてインド周辺と東南アジアのモンスーン気候帯――では、十月頃から乾季が始まる。二月くらいまでは涼しいが、三月から猛然と暑くなり、四月、五月はたまらないほどの暑さだ。

とても勉強などやってられないので、三月から五月までは長い夏休みとなる。そして、これだけ休みが長いと、それまで勉強してきたことも忘れてしまうから、そこを学年の区切りとするわけだ。

五月の終わりか六月の初め頃から雨が降り出し、雨季に入る。そうすると、暑熱もいくぶん和らぎ、勉強が再開される。

どこのうちにも子どもがおり、その子どもらが進級したり、進学したりするのだから、一年の区切り感は強いだろう。

しかし、それだけではない。というより順序が逆と言ったほうがいいかもしれない。雨季に入るというのが、そもそも一年における最大の区切りなのである。三月～五月の「暑季」は、乾燥と猛暑で草木が枯れるほどだ。川も干上がり、多くの動植物が死ぬ。もちろん、農作物など何もとれない。タイ（そしてモンスーン気候帯のたいていの地域）では、この時期が「冬」という感覚なのだ。

雨が降り出すと、農民は喜び、野菜の種を蒔《ま》き、田植えを始める。草が芽吹き樹木の葉は青々と色づき、まさに生きとし生けるものがみな息を吹き返す。暑季が「冬」なら、こちらはまさに「春」の訪れだ。

私のような外国人でさえ、半年も降らなかった雨が忽然《こつぜん》と降り始め、あの目眩《めまい》がするような暑さから解放されると、心底ホッとすると同時に、「これでなんとか一年を無事に過ごしたのだな」という感慨にも浸る。新年ではないが、「新春」と言いたくなる。

同じ気候帯に属するインドのヒンディー語では年齢のことを「雨」とダイレクトに言うことがある。例えば二十五歳なら「二十五雨」と言うのだ。そういえば、アフリカ・コンゴのリンガラ語も、「年」と「年齢」と「雨」と「雨季」がすべて同じ単語だった。二年前のことを「二雨前」などと言う。熱帯の多くは乾季と雨季がはっきりしており、しかもどこも雨が降ると一年の農作業が始まるから、それが庶民の暦となったのだろう。天体の運行を観測してつくる文明的な暦と、自然環境をじかに肌で感じる年の変わり目。それが交錯して、世界中でいろいろな「新年」が祝われているわけだ。

うん、これからはこういうふうに説明してみることにしよう。

ノンフィクションから小説へ

船戸与一　一九四四年山口県生まれ。作家。早稲田大学探検部OB。『山猫の夏』（講談社）で吉川英治文学新人賞、『猛き箱舟』（集英社）で日本冒険小説協会大賞、『砂のクロニクル』（毎日新聞社）で山本周五郎賞、『虹の谷の五月』（集英社）で直木賞を受賞。現在、大長編『満州国演義』（新潮社）を執筆中。

高野　船戸さんは早稲田大学探検部の大先輩ですけれど、創立何年目の入部ですか。

船戸　俺は部になってから三期目だけど、その前に探検研究会があって、あれは何年続いたのかなあ。

高野　たしか、僕が通算で三十一期とかなんです。

船戸　今いくつだっけ？

高野　三十六です。

船戸　ということは、俺より二十二若いわけだから、研究会は六年くらいあったことになるのか。ところで、高野はどういう動機で探検部へ入ったの？

高野　昔、川口浩探検隊というのがテレビでありましたね。この前また復活版をやっていましたけど。僕、ああいう怪獣探しというのがとにかく大好きで、あの番組は本物だと思ってたんです。これはいい、いつかやりたいというのがあったのと、人類学に興味があって、外国に行って何かしたいという、その二つが重なって探検部に収斂《しゅうれん》されたんです。船戸さんは？

船戸　俺の頃は渡航制限というのがあって、簡単に海外に行けなかった。日本に金を持ってくる奴以外は海外に出さないというので、商社マンとかそういう奴しか行けなかったわけよ。探検部に入れば外国に行けるんじゃないかという単純な理由。

高野　少し下の世代だと、僕の『幻獣ムベンベを追え』（集英社文庫）を読んで入ってきたというのがけっこういて、人生を狂わせてしまったかなと（笑）。

船戸　おととし（二〇〇一年）、カンボジアにいなかったか。

高野　ええ、プノンペンにいました。船戸さんもちょうど行かれていたんですよね。

船戸　俺はパイリンにいたんだ。

高野　ポル・ポト派のいたところですね。僕は、地雷原に行ったり、カンボジアのNG

Oの活動がどんなものか見に行ったんですけど。

船戸　カンボジアは、軍の兵力削減で三分の一解雇しただろう。その連中に地雷の撤去技術を教えてあげれば、ほんとうはカンボジアにある地雷なんかすぐ取れるんだよ。それを日本なんかは、一台一億円とか二億円もするブッシュカッターを渡して地雷撤去に貢献してると思ってるけど、あんなの全然使われてなくて、バッタンバンの倉庫で眠っている。

高野　僕も見ました。

船戸　何で使わないんだって訊いたら、動かし方がわからないし、燃料がないと言うんだ。

高野　移動するトラックもない。

船戸　無意味なことばっかりやってるんだよ。それに地雷を全部撤去したら、人民党に金が入ってこないから困る。

高野　金はどこから？

船戸　世界中が地雷撤去のために金を出していて、日本も四億円くらい出してるんじゃないかな。

高野　でも、もともと地雷を埋めたのは人民党政府ですよね。

船戸　そう。だから埋めたところはわかってるわけよ。無差別に埋めたわけじゃない。

でも、ああいうところを歩いていると、地雷より怖いことがたくさんあるだろ。

高野 第三世界では、強盗だけじゃなくて、警官も怖いですからね。

船戸 ポリと軍隊。

高野 ナイロビでパトロールの警官に脅されたことがあります。宿の近くの安い飲み屋で飲んでいて帰ろうとしたら、手にライフル持ってシェパードを連れている警官が来て、パスポート見せろと言うんですけど、何かあるといけないから、パスポートはホテルに置いてあったんですよ。「ない、ホテルにある。ホテルまで取りに行こう」「ダメだ、今ここで見せろ」「いや、ない」「じゃあ金払え、百ドル」「そんなに払えない」「じゃあ、歩け」

そんなこんなで、しかたないから真っ暗な道を、後ろから銃と犬を突きつけられながら歩かされる。で、十分くらい歩くと、「八十ドル」って言うんですよ。それも無理だと言うと、また歩けと言われて、ずうっと歩いて、一時間くらいナイロビの街をぐるぐる犬と銃に追われながら歩いて、結局十ドルくらいで手を打って帰ってきたことがあります。

船戸 商売うまいじゃないか（笑）。

俺はベネズエラに行ったとき、酔っ払って警官をからかったんだけど、翌日、同じ警官に会ったんだよ。そしたらいきなり背中をつかまれて壁に押しつけられ、身体検査をされた。俺は歯が悪いものだから折りたたみ式の歯ブラシをいつも持ってるんだけど、それがポケットに入ってたんだ。そしたら、そいつはそれを見つけて、ヤクだと思ったんだな。うれしそうな顔して、開けてみたら歯ブラシ（笑）。

中国では、農民暴動が起こっているところに入って、三日間取り調べを受けたことがある。結局、不法旅行ということで罰金刑で済んだけど。

高野　僕も二回捕まったことがあります。一回は中国の雲南からミャンマーのゴールデン・トライアングルのワ州というところに入ろうとしたときで、荷物検査で僕が持っていたクリープが見つかって、その白い粉をヤクだと思ったんでしょうね。「これは何だーっ」って大騒ぎになった。考えてみたら、僕らはヤクをつくっているところへ行こうとしているわけで、そこへ持ち込むわけないんですけどね。

ともかく、公安所に連れて行かれて、取り調べを受けて、「おまえ何者だ」と言うから、「ビルマ人だ、今から故郷へ帰る」とか言って、もうバレバレなんですけど、しらを切り通すしかないと思って、でたらめなビルマ語をしゃべったり、一時間くらいそんなことをしていたんです。そしたら、女性の取調官に「そろそろほんとのことを話したほうがいいんじゃないの」と言われて、結局、日本人だと言ってなんとか許してもらった。

で、よかったと思って門を出たら、同行のＴＶのディレクターが待っていて、よせばいいのに公安所を撮影し始めたんです。やばいと思ったら案の定見つかって、後からおばさんの取調官が走ってくる、これはやばいと思って走って逃げたんですよ。そしたら、「待ちなさい、何で逃げるの、あんたたちバス停の場所知らないでしょ、そこ曲がったところよ。バスなくなったら、安宿がその近くにあるから」って(笑)。船戸さんは世界中かなり行かれてますよね。

船戸　といっても、六十五、六カ国だよ。

高野　外国を舞台にした作品というと、何カ国くらいになるんですか。

船戸　短編は別にして、長編だと、南米で三つ、中米で一つ、アメリカが二つ、それからカナダ、イラン、ジンバブエ、マダガスカル、中国、東南アジアが三つ……三十までいってないんじゃないかな。

高野　朝鮮半島は?

船戸　短編では触れたけど、長編はない。俺は今、東南アジア五部作というのを考えていて、フィリピンとカンボジアとインドネシアと、それからベトナム、その後はミャンマー。体が動くうちに暑いところに行っておかないと、大変だからね。俺、この二月でもう五十九だから。

高野　だけどよくパワー落ちないですね。

船戸　きついよ、山へ登ったりすると。でも、取材は、金使って来てると思うから、けっこう一所懸命歩くだろ。そうすると、酒が抜けて体調がよくなる。何より、海外へ行くと書かないから体調がいい。

高野　日頃はどうやって書かれてるんですか。

船戸　二日酔いで書いてる（笑）。だから、筆がいちばん進むのは、ちょっと体調が悪いなと思うときなんだよ。

高野　何でですか。

船戸　体調が悪いと原稿書くぐらいしかやることがないから（笑）。取材から帰って体調がいいと、じっと机の前に座っているのが苦痛になってくるんだよ。高野はどう？

高野　僕は気力がないと机に向かえないですね。書くのってエネルギーが要るじゃないですか。

船戸　それは別のエネルギーだよ。体調の良し悪しはあんまり関係ない。

高野　僕は、体調も万全で気力も充実したときに書きますけどね。でも、たしかに現地に入ったときのほうが健康ですね。電気もないから早寝早起きで。それに原稿は夜書くことが多いので、生活のリズムが狂ってくる。

船戸　俺は今、荻窪の駅のそばに事務所を借りてるんだ。情報を取るのにはパソコンが便利なんだけど、自分ではできないから、生まれたときからすでにパソコンがあるような世代の奴を雇ったわけ。そいつは一時から七時まで事務所にいるんだけど、俺は六時頃に行って、事務所で取っている新聞を全部読んで、それで七時頃から仕事にかかる。で、十一時前にやめて、それから酒を飲む。そういう生活パターンなんだ。

高野 そうすると、書いてる時間というのは、一日に三、四時間くらい?

船戸 三時間半かそこらだな。

高野 それで枚数的にはどれくらいですか。

船戸 九枚を超えたらもう書かない。調子いいときには、十五枚とか二十枚いくときもあるけど、翌日は全然進まないから同じなんだよ。経験則でわかる。

まあ、ほんとうに集中できるのは、周りを見ても、いいとこ四時間ぐらいじゃないか。大沢(在昌)なんか、六時過ぎたら絶対原稿書かないって言ってるからね。

高野 そもそも午後は何時に起きるんですか。

船戸 三時。その代わり、朝の四時とか五時まで飲んでるから。

高野 でも、取材でイスラム圏なんかに行くと酒が飲めないわけでしょ。飲めなくて体の調子がおかしくなるとか、頭が痛くなるとかないですか。

船戸 そんなのはない。だいたい、俺は昼間は絶対に飲まないもの。よく、昼飯のときにビール一本だけとか飲む奴いるじゃない。あれだったら水のほうがいいね。

高野 飲むんだったらガーッと飲みたい。

船戸 酒に対して失礼だよ、酔わないような酒というのは。まず太陽があるときには絶対酒飲まない。
　俺が二十歳の頃、アラスカに八カ月いたんだけど、そのうちの六カ月弱はエスキモーの村にいて、連中は酒があればずうっと飲んでいるんだ。で、俺も一緒にずうっと飲んでいたんだけど、そのうち、このままだとおかしくなると思って、陽のあるときには絶対飲まないって、そのときから決めたんだ。

高野　アラスカで越冬して、何してたんですか。

船戸　何もしてない。

高野　何もすることなくて、寒いから外でウンコができなくて、中でして、カチンカチンに凍ったそれを外に運び出すのが仕事だったとか。

船戸　それはそうだよ。菜種油が入ってるような缶があるじゃない。そこへ糞をして外に出しておくとすぐカチンカチンになるから、それを捨てに行くわけよ。

高野　そもそも何しに行ったんですか。

船戸　氷の研究（笑）。ベーリング海峡を歩いて渡るために氷がどうなっているか調査に行ったんだけど、なんかバカバカしくなってよ。

高野　でも、ベーリング海峡はうちの探検部の悲願だったんですよね。

船戸　モンゴロイドの移動説を実証しようということでね。まあ、理屈なんかどうでもいいんで、行ければいい（笑）。

高野　船戸さんは、以前はノンフィクションを書かれていましたよね。そこから小説に転向するきっかけというのはあったんですか。というのは、僕はよく小説書いたらどうかと言われるんですが、小説とノンフィクションとではかなり距離があるような気がして、とても飛べないなと思ってるものですから。

船戸　そんなことないと思う。書いたほうがいい。年齢的にもちょうどいい時期だよ。

高野　船戸さんはもともと小説をよく読んでたんですか。

船戸　全然。ただ、俺の書いたノンフィクションを見て、ある編集者が、「あんたの筆は小説に向いてるから小説を書いたらどうか。ミステリーならすぐデビューできるから、ミステリーを書け」と。どうせいい加減に言ってるんだろうと知らん顔してたんだけど、半年ぐらいたって、「この間お願いしたのは進行してますか」という葉書が来た。

本気なんだと思って書こうとしたんだけど、ミステリーは読んでないから、ミステリー好きでいろんなものを読んでいる、今小学館の専務になっている白井に相談したら、「本格ミステリーというのは、オリジナルな謎解きをやっても、もし似ているのがあればダメだから、ハードボイルドを書け」と、ハードボイルドの名作を十冊選んでくれたんだよ。それを全部読んだんだけど、そういう作家たちの手法をいろいろ真似しても誰の作品だかわからなくなるだけだから、まず、こういう書き方はしないというのを十箇条くらい考えて、自分で縛りをつくったんだよ。

高野　例えば？

船戸　使っちゃいけない形容詞とか。あるとき、ハワイ大学の文章工学とかいう記事があって、文章には命令形とか否定形とかいろいろあるけれど、その中でいちばんインパクトがある形態は何かというのを調べるために、人間の体に電極を刺して、肉体がどう反応したか、脳がどう動いたかをやったというんだな。その結果、いちばん強いのが命令形。命令されると反発するから。それから疑問形も強い。問いかけられたら答えなきゃいかんという。いちばん弱いのが普通の肯定形なんだ。だから、肯定形の文章をどうやって少なくするか、そのためにはこれは使わないとか。

高野　その縛りは今でもあります？

船戸　だんだん切り崩していったからね。

高野　その十作というのはどんな作品ですか。

船戸　ハメット、ロスマク（ロス・マクドナルド）、チャンドラーとか、あとはフランスのノワール系のジョバンニとか。とにかく、高野も小説書いたほうがいいよ。

高野　そんなこと言われても。船戸さんの本を読んでも、よくこんな展開を思いつくなって思うんですけどね。

船戸　例えば、ノンフィクションを書くときに、これ書こう、あれ書こうと、先に決めてる？

高野　いや、決めてないですよ。

船戸　そしたら小説のほうがもっと楽だよ。

高野　また、気軽におっしゃる（笑）。十年前もそういう感じで言われましたけど、そのとき僕に言ったこと覚えてますか？

船戸　何て言ったんだっけ。

高野　注意事項を二つ言ったんですよ。※アンカーになるな、取材をしろ。

船戸　アンカーというのは、文章はこなれてくるけど、誰が書いたかわからない文章になる。小説というのは、小説独特のくさみを持ってないとダメなんだ。誰の小説かわからないということになると、長続きしない。小説を書くというのは、最初のうちは自分の体臭をどうやったら消していけるかという作業なんだけど、その次にはいつまでその体臭を残せるかということになる。

　小説なんてものは書けば書くほどうまくなっていくんだ。新人の作品を見るとすぐわかるのは、化粧もせずに舞台に上がっているのが多いわけ。素人の歌のコンクールなんか行って、聴いてるほうが恥ずかしいときってあるだろう。あれと同じように、読んでるほうが恥ずかしい気がするケースというのは、舞台化粧もせずに舞台へ上がるからなんだ。小説だけは、書けば書くほど舞台化粧がうまくなってくる。どんな奴でもそう。だけど、それが完全にうまくなりすぎると作品に魅力がなくなる。

高野　すらすらと流れすぎちゃって引っかかりがなくなる。難しいですね。

船戸　だから、いちばん売れてる時期というのはそのバランスのいい時期なんだよ。誰しも昂揚して衰弱していくわけだけど、小説の場合は、衰弱していくときは、うまくなりすぎてるんだ。荒々しいけどパワーがあるとかいう言い方は、上り調子にあるときなんだよ。

高野　もし僕が書くとしたら、辺境の話を書くことになりますかね。

船戸　いや、自分の好きなことを書けばいいだけであって、誰かを見習うとか、そういうのは絶対やめたほうがいい。最初から自分のスタイルはこうだとやったほうがいい。

高野　取材に行って、現地でストーリーが思い浮かばなかったけど、帰ってきたら浮かんでくるとか。

船戸　そういうのはいっぱいあるよ。書き始めないと、具体的なことは思いつかないから。頭の中でストーリーをこうしようなんていうのはない。

高野　じゃあ、とりあえず書き始めちゃうんですか。

船戸　適当に書いていけば、そのうちに自分のつくり出した主人公がこうしてくれ、ああしてくれって言い始めるから、それを待ってればいいんだよ。結末も考えない。

高野　それでなんとかまとまっちゃうわけですか。

船戸　物語を転がしていくと、最後は自然に収拾に向かっていくんだから。とにかく、最初は書き下ろしでやることだよ。制約なしに。

高野　なんか、ちょっとやってみたくなりました。

※アンカー　データマンの取材グループによってつくられた原稿に、最後の仕上げをしてまとめる人。

田舎の駄菓子屋で出会った不思議な切手

九十年代半ば、中国福建省の田舎をぶらぶらと散歩していたときのことだ。「周恩来（小型張）10元」という文字が突然、視界に飛び込んできた。屋根も壁も半ば崩れかけた駄菓子屋の入り口に、小さな黒板が吊るされ、そこに白墨でそう書かれてあったのだ。

いくら過去の人とはいえ、周恩来である。そんな偉人が何だかわからないけど、十元という安値で売りに出されている。しかも「小型張」だ。いったい何だろう？　と思い、店のおばちゃんに「周恩来の小型張、一つください」と直截《ちょくせつ》に言ってみたら、「あいよ」と一枚の紙切れを手渡された。

それを見て驚いた。切手、それも記念切手だ。まだ若々しい周恩来が握手をしている人物は、これまた青年の面影を残した北朝鮮の金日成。

仔細に見てさらに驚いた。切手の部分がハングルじゃないか。これは北朝鮮の切手なのだ。それだけでも珍しいが、他国の記念切手を政府が販売する（しかも田舎の駄菓子屋で）というのも聞いたことがない。

切手の台紙（？）には、「人民の戦争がなんとか……」という周恩来の言葉が記されている。

うーん、と私は唸《うな》った。さっぱりわけがわからん。秋風がさーっと吹き、カラスがカーと鳴いていた。実はすごく貴重なものかもしれないが、とてもそうは思えず、ポケットに突っ込んだ。

一カ月後、金日成は死去したが、この不思議な切手はまだ私の手元にある。そして、これが小型なら大型はどんなのだろうと気になっている。

『ムー』はプロレスである

大槻ケンヂ　一九六六年東京生まれ。「筋肉少女帯」、「特撮」のヴォーカリスト。またTV・ラジオなどで幅広く人気を集め、エッセイや小説も多数執筆。著書に『グミ・チョコレート・パイン』シリーズ（角川書店）、『リンダリンダラバーソール』（新潮社）、『新興宗教オモイデ教』（角川書店）などがある。

大槻　『怪獣記』読みました。ついに見つけちゃったんですね。
高野　いやあ、もう何と言っていいのやら（笑）。
大槻　ビデオも見せていただいて、びっくりしました。今ムー脳が活性化してます（笑）。
高野　脳にそれを司る部位があるんですよね。

大槻　オカルトとか超常現象に興味を持つ〝ムー脳〟は、だいたい中坊期に活性化するんですよ。で、『ムー』を読み始めるんだけど、何年かたつとハッと我に返る。でもその頃には新入生が入ってくるから、同じ周期でネタを回していけばムーは永遠に売れ続けるという。

高野　普通は中学高校を出たくらいで卒業すると。

大槻　でも、中には脳のムー部分が活性化したまま大人になっちゃう人がいる。そういう人はいくつになってもＵＭＡやＵＦＯがどうしたとかやっている。それがマンセー・ムーノー人間。

高野　大槻さんは根っからのマンセー・ムーノー人間でしょ。最初にムー脳部分が活性化したのはいつですか。

大槻　最初は矢追《やおい》純一ですね。木曜スペシャル。雪男とかで矢追さんが飛ばしてた頃に、凄い興奮して。でも二十歳ぐらいになったときに、さすがにそりゃねえべって沈静化しました。ちょっと遅いんですけど（笑）。ところがその後、懐疑派っていう立場があることを知ってまた再燃。その少しあとに「と学会」が出てきて。

高野　それはもうムーをムーとして楽しむ態度ですね。

大槻　そう、プロレス的見方。プロレスもずっとガチンコだと思って育ってきた世代なので。

高野　まさにプロレスですよね。僕は中学生ぐらいの頃『ムー』の十一号を読んで、「こんなにおもしろい雑誌が世の中にあるのか！」と感動して、バックナンバーを求めて神保町に行ったんですよ。それが生まれて初めての神保町デビュー。一号から全部集めました。

大槻　素晴らしい。

高野　五十号ぐらいまで読んでたんだけど、その後ふっと我に返って（笑）。

大槻　ムー脳が休止状態に。

高野　気づいたときには母親に捨てられてた。以来『ムー』なんてもう全然見てなかったんですけど、今日の対談にそなえて、大宅文庫に行ってバックナンバーを読み出したらめちゃくちゃおもしろくて（笑）。かぶりつきになって熟読してたら二時間で一冊半しか読めなかった。

大槻　ムベンベがもう捕獲されているっていう記事読みました？

高野　見た見た（笑）。

大槻　これは高野さんに教えなきゃ！　と思いましたねえ。ムベンベが睡眠薬打たれた写真入り。

高野　眠そうな顔してるんですよね。

大槻　九〇年代半ばから米軍はムベンベにレーザー探知銃を撃っており、すべて行動を把握していた。現在は米軍のもとに二頭飼われてるという。

高野　撃ったのはカメルーンのジャングルで、捕まえることができなくて後を追っかけて行ったらなぜかそいつがテレ湖にいたという（笑）。『ムー』を読んでるとすごく話がおもしろいんですよね。おもしろくなるように展開していく。

大槻　「異星人と陰謀とナチス」とか、まことしやかにいろんなことを組み合わせてる。

高野　大槻さんの原稿にもあったけど、「チュカパプラの正体は宇宙人グレイでなくカッパだった！」とか。そもそもチュカパプラが宇宙人グレイだったたってことを知らないよ（笑）。

大槻　森羅万象みんなつながってしまう。僕はまだ読んでないんだけど、友だちが教えてくれたのが、「宇宙人は日本人だった！」。

高野　わははははは。

大槻　でも、ちょうど四十過ぎてこれからの人生のモチベーションをどうしようかって考えてるときに『怪獣記』を読んで、その前に『X51.』（佐藤健寿／夏目書房）という本も読んでたんですよ。

高野　すごく分厚い本ですよね。

大槻　ロズウェル空軍基地や雪男を追って現地に行くという本で、ああご苦労様だなあって思ってたら『怪獣記』で、高野さんがジャナワールを追ってワン湖に行ってこれまたご苦労様でしょう。僕もこのご苦労様人生やろうかなあと思っちゃって。ムー脳活性はきっと若さにもいいと思うんですよ。

高野　そうそう。『ムー』はすごくプロレスに近いと思うんです。『ムー』を久しぶりに見たときの感動って、海外から日本に帰ってきて、テレビをつけたらプロレスやってて椅子で殴り合ってたときの、琴線をぐーっと圧迫されるような感動なんですよ。

大槻　幸せな、牧歌的な光景。

高野　「これだよ、帰ってきたなあ」って。僕が今まで定期購読してた雑誌って、『ムー』と『週刊プロレス』だけなんですよ。

大槻　いいなあ。『X51.』の脚注によると、「『月刊ムー』を読んでいた奴は決まって『BURRN!』（ヘヴィメタル雑誌）も読んでいた。キーワードはいうまでも無く、『童貞』である」と。

高野　完全に読まれてる（笑）。

大槻　やっぱりムー脳人のやることって同じなんだなあ。実は僕もご苦労様なことをやっていたことがあって、高野さんに比べると全然ご近所なんだけど、『リング』『らせん』で貞子の母のモデルと言われる透視術者がいますよね。御船千鶴子。それを東大の学者福来友吉が研究していた。

高野　あの『透視も念写も事実である』（寺沢龍／草思社）の。

大槻　そう。その信奉者が、博士の没後、記念館を設立したらしいんです。ちょうどその頃ムー脳が超活性化してて、「行かねばならん！」と思っちゃって。
高野　大槻さん、忙しいんでしょ（笑）。
大槻　今から十何年前かなあ。夏の暑い日に飛驒高山の福来博士記念館に行ったんですよ。でもすごく小さくて、一部屋しかないの。ドア開けた瞬間に展示写真が全部見えちゃって、「俺は何しにここまで来たんだ……」と。めげずに飛驒国府の飛驒福来心理学研究所にも行ったんですけど、紙一枚渡されて適当にあしらわれちゃった。悲しかったなあ。
高野　ご苦労様じゃないですか（笑）。
大槻　他の資料館みたいなところにも行ったんですよ。お婆ちゃんが管理人で、月の裏側が念写で撮れたと言いますが……と訊いたら「いや、あたしはどうかと思いますよ」って。管理人さんが信じてない（笑）。で、茄子《なす》とかふるまわれて。何やってたんだろうなあ。でも高野さんは国際的に行ってるわけですからねえ。
高野　僕は懐疑派として、客観的・科学的な立場で迫ってるんですよ。……と思ってたんですけど、この前『ムー』を読んでたら、いたるところに「科学的な調査の結果」と書かれていて愕然とした（笑）。ムー脳っていうのは科学調査も織り込み済みなんです。科学を超えてるんですよ。

大槻　昔プロレスで、ＵＷＦが格闘技を！　シューティングを！　って言ったら、馬場さんが「それを超えたものがプロレスだ」とコメントしましたよね。

高野　そうそう。まさに馬場さんの言葉そのままなんですよ。

大槻　僕はあのときの馬場さんの言葉は、「格闘技とかプロレスだとかどうでもいい、とにかく興行なんだよ、まずそれを考えろよ」ということだと思うんです。だから『ムー』の場合は、まずおもしろいかどうかを考えろよってことかなと。

高野　科学もその中に入っちゃってる。読んでるとほんとに馬場さんの言葉が思い出されてきて、また別の意味で胸が熱くなってくる（笑）。

大槻　でもムー脳が活性化してるうちはいいんだけど、しすぎて炭みたいになっちゃうとちょっとやばいことに。

高野　燃え尽きて灰になっちゃう。

大槻　よくあるでしょう。懐疑派を公言していた人が何か見ちゃって転向しちゃう。と学会で、この本はインチキだ！　ってツッコミを入れてる人が、「ところで私は霊気というものを信じていて」とか書き出したり。だから『怪獣記』で、見たっていう話になってきたから、あれ、ついに高野さんのムー脳が炭化現象を起こしたのか、これはやばいんじゃないのか！　とドキドキしました。

高野　僕は炭化してませんよ。前に後輩が「高野さん、俺も怪獣探しに行くんです」って言うから、何探すのか訊いたら、マッドドンだと。松戸に棲んでるからマッドドン（笑）。そんなもんいねえよ！　と即断したら「高野さんに言われたくない」って。

大槻　あ、でもマッドドンは……。

高野　いるんですか（笑）。

大槻　水元公園にけっこう普通にいるらしいですよ。今日いろいろ本を持ってきたんですけど、『世界UMA探検記』（U-MAT、超常現象研究所編／ミリオン出版）によると、ヌートリア説が多い。

高野　なるほど。それが正体なんだ。

大槻　これはよかったなあ。『未確認動物UMA大全』（並木伸一郎／学習研究社）。三千八百円もするの。ジャナワールは出てないんだけど。

高野　僕も買っちゃいました。並木伸一郎さんと南山宏さんって僕らが中高生のときからメインで書いてましたよね。

大槻　今いくつなんだろう。

高野　マンセー・ムーノーの権化（笑）。全身ムー脳で炭化してるみたいな。

大槻　これもいいですよ。ジャン＝ジャック・バルロワ『幻の動物たち』（ハヤカワ文庫NF）。二メートルのハタとかわけわかんないのが出てくる。以前、まだ若い担当編集者が突然「辞めることになりました」って挨拶に来たんですよ。理由を訊いたら「僕には夢があるんです。未確認動物を探しに行きたいんです」と。この『幻の動物たち』を読んで決めたそうです。彼は今どうしてるんだろうなあ。

高野　凄いねえ。人の人生を左右する一冊。この本はユーベルマンっていう国際未知動物学会の会長を重要な情報源としてるんですよ。

大槻　じゃあ、けっこうちゃんとしてるんだ。

高野　ちゃんとしてるっていうか（笑）。その学会でムベンベも取り上げていたので資料をもらったんですけど、学会といっても学説がないんですよ。捕まえるのが目的だから、学説じゃなくて「あそこにこんなものがいるらしい」「こういう目撃例が多い」とか。

大槻　いるものを証明するよりも、いないことを証明することのほうが大変だっていうのはありますよね。言ったもん勝ちなところがある。高野さんは、UMAでもプロレスで言ったら全日本プロレスとか新日ぐらいのちゃんとしてる派が好きでしょ？

高野　そうそう。マッドドンはダメ（笑）。僕はインディーは認めてないんですよ。

大槻　僕はプロレスもUMAもインディー系だから、「何だそれ？」っていうのが好きで好きで。メキシコで目撃されたフライング・ヒューマノイドとか。

高野　ヒューマノイド？

大槻　人が普通に立ったまま飛んでるんですよ。今、僕の中ではいちばん盛り上がってます。あと最近ネット上で話題になった、南極の巨大人型UMA「ニンゲン」。

高野　あれは衝撃的だった。以前から、南極観測隊や捕鯨船で日本人が特によく見るといって、僕も話は聞いていたんですよ。ニンゲンという名前だとは知らなかったんだけど。

大槻　昔からある話なんですか。海坊主とかにつながっていくのかなあ。

高野　うーん。友人の、ジャナワールを教えてくれた科学ライターの本多成正さんも百パーセントムー脳人間で、いろいろ教えてくれるんですよ。で、南極のニンゲンは、実はUMAじゃないと。

大槻　何なんですか。

高野　魚がフェロモンを出して、それで船に乗ってる人が幻覚を見てしまうんだと。

大槻　なるほど、魚のフェロモンで人が幻覚……って何にも証明されてないじゃん！（笑）

高野　本多さんは科学者で、恐竜図鑑などの監修もしてる人で、ふだんはものすごく厳密なんですよ。でもUMAになると突然タガが外れちゃう（笑）。いくらなんでも南極に人型巨大未知動物がいるのは科学的に無理がある。じゃどうなのかっていうと魚のフェロモンが出てくる。

大槻　単純にデマや都市伝説だっていう説はとらないんですか。

高野　自分はとらないって決めているんだって。

大槻　何か見たという人がいるなら、とにかく自分の合理解釈できる範囲でそれは何かという仮説を立てる派。

高野　ええ、百パーセント支持なので。

大槻　いいなあ。それ、「どうしてあの試合で猪木は負けたのか」っていう謎かけみたいですね。あれは猪木が俺たちプロレス信者に謎かけを挑んでるんだ、解かなきゃいけない！って週プロファンが一時期おかしくなってたでしょ。でも、ただ調子悪かっただけだよ（笑）。

高野　考えすぎだって（笑）。

大槻　僕も今からテーマとして、追っかけるものを探してるんですよ。高野さんはやっぱり現地に行ったりして踏み込めるのが羨ましいなあ。

高野　踏み込めるものが好きなんですよ。UFOや超能力も嫌いじゃなくて興味はあるんだけど、結局わからないでしょ。立証も検証もできないから。だから実際行ってわかるものをやってるつもりなんだけど、やればやるほどわかんなくなってくる（笑）。

大槻　いやいや、ジャナワールはもう一度行かないわけにはいかないでしょう。ムベンべから二十年たって新たなステップを上りましたよね。

高野　まさか上るとは思わなかった（笑）。

大槻　次は何だろう、骨くらいは見つけたいとか。

高野　そう思って、今度はアフガニスタンのペシャクパラングっていうUMAに注目しました。『未確認動物UMA大全』にそいつの死体の写真が載ってるんです。

大槻「人肉を食べた野犬とキツネの混血UMAか?」はあ。

高野　死体が見つかってるUMAなんていないから、これはいいんじゃないかって六月に行ってきました。

大槻　もう行ってきたんですか!

高野　首都カブールから車で一時間半くらいのところで、「今は出てないが、一時期はここで襲われた」とか。米軍が放った特殊生物だと言う人もいるんですよ。もっとも、「おまえ、そのためだけにここに来たのか」と言われたりもしたけど(笑)。もっと他にやることあるんじゃねえのか、それよりも水を引いてほしいとか。

大槻　正論ですねえ(笑)。

高野　詳しい話は今度雑誌に書きますけど。まあ、おもしろかったですね。

大槻　凄いなあ。普通の人にとって、ペシャクパラングを知って、よし見に行こう!と決断するまで、一生の計画だと思うんですよ。「いつか、もし俺の人生にそんなことがあれば……」みたいな。それをこの本見てもう六月に行ってきましたって。

高野　大槻さんも宇宙人とコンタクトしたという人に会いに行ってるでしょ。どうでした。

大槻　いや最高でした。岡美行さんという昔は前衛美術会会員だった画家の方なんですが、毎日夜になるとＵＦＯがやってきて、さらわれるらしい。

高野　毎日（笑）。

大槻　六畳間に一人暮らしなんだけど、バスぐらいの大きさのＵＦＯが部屋に入ってきたり。で、宇宙人に今日も来いって呼び出されるんだけど、ちょうどテレビで「８時だョ！全員集合」を見てるところだったから「今いかりや長介見てるから後にしろ！」って。

高野　それ、さらわれてないじゃん（笑）。

大槻　いろんな星に連れて行かれて、鞭《むち》持ったインディ・ジョーンズみたいなのにぶたれたり、お刺身を食べたり、もうわけがわかんない。彼は横尾忠則の対談集『ＵＦＯ革命』（晶文社）にも登場していて、けっこうちゃんとしたことしゃべってるのに、十数年の間にキャラができたんでしょうね。

高野　ムー脳が変質してきちゃったんですねえ。

大槻　でも、ああいういかれ方だったら人生楽しいだろうなあ。

高野　人に害をおよぼさないし。

大槻　僕はＵＦＯにいちばんグッとくるんですが、高野さんのこれは「おお！」っていうポイントは何ですか。

高野　まず、他の人があんまり行ってないことですね。未知の未知動物。
大槻　ネッシーとかじゃなくて。
高野　そう。少しでも自分が見つけられる可能性が高いもの。人が行ってると、もう探してるわけでしょ。だいたいもっと金があっていろんな機械を使ってるわけだから、その後に行ってもだめだろうと。
大槻　今後は何か追う予定はあるんですか。
高野　インドの謎の魚ウモッカにこだわってますね。変な言い方ですけど、これは日本初のUMAなんですよ。
大槻　日本初？
高野　目撃者が日本人なんです。十年前、インドの海辺でそれを見たと。見た人は彼しかいない。
大槻　たった一人？　それは……。どんな魚なんですか。
高野　二メートルくらいあって、サメとシーラカンスを足して二で割ったみたいだと言うんですよ。魚っぽくなくて、トカゲにヒレが生えたような。シーラカンスともちがって、背中に薔薇《ばら》のトゲをでかくしたようなものがびっしり生えてる。
大槻　時間にしてどれくらい見たんですか。
高野　漁師が網でいろんな魚をばんばん水揚げしていく中にいたんだって。なんだこれって思ってるうちに、地元漁師がばすばす捌《さば》いちゃって、「それどうすんの?」「カレーにして食う」(笑)。

大槻　写真はないんですか。

高野　そのときカメラを持ってなくて、芸大出の美術の人だから、宿に帰ってすぐスケッチをした。そのスケッチがある。

大槻　いい話だなあ。

高野　いいでしょう。いろんな専門家に訊いても、こんなの見たことない、こんなもんいるわけないって言われたらしい。

大槻　でも、探しようもないでしょう。

高野　ただ、漁師たちの態度を見てると、そんなに凄い魚だという感じじゃなくて、普通にブツ切りにしてる。だからもしかして地元では特に珍しいものじゃないのかもしれない。シーラカンスもそうだったでしょう。

大槻　『「四億年の目撃者」シーラカンスを追って』(S・ワインバーグ／文春文庫)はおもしろかったなあ。最初は漁師が「たまに釣れるんだよ」みたいなノリなんですよね。シーラカンスも普通に発見されすぎだよなあ。もうちょっと隠れててほしかった。

高野　でもシーラカンスはUMA信者の心の支えだから。

大槻　たしかに。

高野　あ、今思わずUMA信者って言っちゃった。ちがうんですよ、僕はちがうんですよ（笑）。僕は一線は越えてない。いつも冷静に科学的に。

大槻　うーん、僕もなんか探しに行かないとなあ。

高野　大槻さんはいろんな情報もあるし、変な人も知ってるし、十分、会いに行ってますよ。

大槻　いや最近は全然。あんまりアウトドア派じゃないんで、体力がねえ。安楽椅子型で行きたいなあ。もっとご近所UMAで。やっぱりマッドドンかな。中野とかにいるといいんですけど（笑）。

辺境読書

エンタメ・ノンフ・ブックガイド

「謎モノ」との出会い　エンタメ・ノンフとは何であるのか

私の高校時代は暗かった。

学校の友だちは一緒に麻雀やゲームをやる程度で深い付き合いはなかったし、部活は練習が嫌いで、勉強はやる気ゼロだった。音楽にも映画にもさして興味がなく、趣味に走ることもなかった。

男子校だったから、女の子とも無縁だった。唯一、友だちの紹介で知り合った女の子がいて、ある冬の晩、「重要な話があるから」と彼女を電話で呼び出した。コクるつもりだったのだが、どうしても勇気が出ず、木枯らしがびゅうびゅう吹く中を、無意味な世間話をしながら街を引きずり回した。一時間後、彼女が「悪いけど、寒いから帰っていい?」と震えながら言ったとき、私は「あ、いいよ。じゃあね」と引きつった笑みを浮かべた。もちろん、その子とはそれっきり会うことはなかった。

いやあ、今こうして書いているだけでも、冷たい汗が流れる。要は「イタイ高校生」

だったのだな、私は。

　そんな悩める高校生を救ったのは文学だった――なんて都合のいい話もなかった。「悩める孤独な若者」を自分で演出すべく「太宰治」をせっせと読んでみたが、頭が痛くなるばかりだった。一応文庫を全巻読破したが、今記憶しているのは題名の一部のみ、内容は何一つ憶えていない。よっぽど合わなかったんだろう。

　文学青年にはなれなかったが、文学青年ぶろうとしたのは無駄ではなかった。図書館に通う癖がついたからだ。私の高校は図書館だけは充実していた。普通の高校の図書館にはないような本がたくさんあり、中でも私を惹《ひ》きつけたのは、文学の棚からは最も遠い「謎モノ」だった。

　この世界には科学で解明できないことがたくさんある。例えば、エジプトのピラミッドやナスカの地上絵。誰が何のためにどうやって作ったのかわからない。

　メキシコで見つかった水晶でできたドクロは、現代の先端科学をもってしても作ることができないという。アフリカのドゴン族は、肉眼では絶対にわからないシリウスという星の形状を正確に知っていた……。

　いったいどういうことなんだろう？　不思議で不思議でたまらない。そういう謎モノを紹介する本では、「今の人類が出現する前に、超古代文明が栄えていた。でもそれは核戦争で滅亡してしまった」とか「宇宙人がその技術を教えたのではないか」と説明していた。

私は自分でも図書館に希望を出し、「ノアの方舟は宇宙船だった」とか「日本人はムー大陸からやってきた」といった本を仕入れてもらい、片っ端から読みまくった。

何を信じていいのかわからなかったけれど、いちばん不思議で、いちばん私を興奮させたのは、「どんな謎にも何か真実が絶対にある」ということだった。

ナスカの地上絵は誰かがある目的のためにある方法で作ったのだ。ドゴン族はなんらかの方法でシリウスの形状を知ったのだ。それだけは間違いない。

ほんとうのことが知りたい。どういう結果でもいいから、ほんとうのことを。

かくして私は十七歳のとき、「超考古学者」になることを決意した。自分で世界中の謎の遺跡を調べ、その正体を明らかにしようと思ったのだ。

あれから二十年あまりがたった。私は超考古学者にはなっていない。なるわけないよな、そんなもんに。

その代わり、私は別の「謎モノ」を探している。アフリカの密林の中に棲むネッシー型の怪獣「ムベンベ」とか、幻の「西南シルクロード」とか、謎に包まれたミャンマーの「アヘン王国」とか……。

その手の怪しい代物を探しに地球の果てまで行き、まじめに調査研究して、本を書くといった仕事をメインに生活している。そんな人間は日本でも、私ひとりだろう。

やっぱり「謎モノ」から逃れることはできなかったのだ。

妻は呆《あき》れ果てているが、私に妻がいること自体がナスカの地上絵以上の驚きだ。

今思うこと。それは高校生のときには想像もできないような未来が人生にはあるということ。でも、高校時代に読んだり考えたりしたことは、何かしら人生に大きな影響をもたらすということである。

旅に持って行きたい文庫

旅に持って行きたい文庫本を紹介してほしいという依頼を受けた。

「冗談じゃない！」と言いたい。

なにしろ私は海外への旅の前には、いつも「今度はどんな本を持って行こうか」と悩んでいるのだ。年に三、四回は旅に出るが、その都度である。私は出発前日は徹夜で仕度をしているときが多いが、その半分以上の時間は持って行くべき文庫本を選んでいるといっても過言ではない。

海外に行くんだから海外ものがいいだろうか？　いや、海外だからこそ日本のものを読むのも一興ではないか？　せっかくだから日頃読みそうにない本がいいんじゃないか？　いや、持って行ける本は限られているのだ、前に読んでおもしろかった本を再読するのが失敗がなくていいのでは？

……と、出発時間が近づくにつれて心は千々に乱れ、文庫本の山を積み上げたり崩したりで、部屋がめちゃくちゃになり、本来持って行くべき荷物を必ず一つや二つ忘れる原因にもなる。

私こそ、旅に持って行くべき本を教えてほしいのだ。

とはいうものの、一般の人よりは旅に本を持って行った経験が多いのはたしかだ。そこで、あらためて、どんな本が持って行ってよかったか、あるいは失敗だと思ったか考え直してみる。

一つ、真っ先に思いついたのは、『本の雑誌』でオススメしているような本はたいていダメだということだ。なぜなら、そこで勧められているのは「ページをめくる手が止まらない」本だったり、「一気読み！」の本だったりするからだ。

いかん！

旅には本を何冊も持って行けないのだ。場合によるが、普通の旅なら長かろうと短かろうと、私は五冊程度に決めている。他にも資料や辞書が山ほどあるので、娯楽用の本はそれがリミットである。

たった五冊で、短くても二週間、長ければ数ヵ月もやりくりしなければならないのだ。ページをめくる手が止まらなくなったり、一気読みなんかしたら大損じゃないか。

その手のエンタメ本は、言ってみれば、燃費の悪い本だ。同じ厚さで一日か二日しかもたないんだから。やはり、旅に持って行くには燃費のよい本でないといけない。

ぐいぐいとページが進むわけではないが、嚙《か》みしめて味わいがあるという、するめのような本が望ましい。

そういう意味で、最近「これはよかった!」と思える本を挙げてみよう。

まずは『志ん朝の落語1』(ちくま文庫)。私はすごく古典落語が好きというわけでないし(寄席は好きだが)、志ん朝の落語を生ではもちろん、録音でも聴いたことがない。なのに、この前、カンボジアで読んだらたいへんよかった。

収録されている噺《はなし》はいずれも高座で実際にしゃべったものをそのまま字にしているだけなのに、文章として驚くべき完成度である。枕はそこそこ、物語の流れはよどみなく、会話は抜群、情景描写は生き生きとして無駄がない。

志ん朝という人は、よほど一つ一つの噺を前もって練り込んでいたのだろう。喋《しゃべ》りが文学になってしまっているのが凄い。

東南アジアあたりで読むと、時間の進みぐあいが江戸や明治に近いせいか、日本で読むより身に沁みていくような気がする。志ん朝を聴いたことのない私が言っても説得力がないかもしれないが、音声におきかえて読むとなおさら味わいが増す。

音声におきかえる――近頃の流行言葉でいえば「声に出して読みたい」作品は、長持ちしやすいので旅先にも向いている。

インドに持って行った曲亭馬琴『南総里見八犬伝㈠』(岩波文庫)もなかなかよかっ

た。馬琴が『水滸伝《すいこでん》』をヒントに書いたというが、「ほんとかよ?」と突っ込みたくなるくらいにくどい。元の『水滸伝』はディテイルにこだわりがなく、さくさくと進むのだが、『八犬伝』は漢語と和語を縦横に織り交ぜ、日中双方の古典の蘊蓄《うんちく》をこれでもかと披露して話が全然進まない。

だが、七五調の文章は、時間がありあまっているときにはこってりと美味である。蘊蓄が多い分、学が身についていて充実するような錯覚が得られるのも貴重だ。不毛な時間(バスを待ってたり、人を待ってたり、何を待ってるのかわからなくて待ってたり)が妙に多い辺境の旅では精神が休まる。

では現代小説には旅に向いた本はないのかと読者はそろそろお思いだと思う。ちゃんとあります。現代小説で、しかもエンタメなのに、カロ―ラ並みの高燃費の本が。

五味康祐『秘剣・柳生連也斎』(新潮文庫)がそれだ。

五味さんという人の小説はどれを読んでもそうなのだが、なんだかひじょうに読みづらい。筋がわかりにくい。いちばんの理由は、どんどん話がさかのぼることにある。

例えば表題作の「秘剣」は、主人公は細尾敬四郎武昭という剣客なのだが、彼が結婚したのは師匠の平松権右衛門弘重の娘で、それは師匠に気に入られたからで、なぜ気に入られたかというと話は一年前の他流試合にさかのぼるのだが、そもそも彼らの流派は大捨流で、大捨流というのは九州の丸女蔵人《まるめくらんど》という剣客が編み出したもので、丸女蔵人はもともと新陰流の上泉武蔵守と立ち会ったが敵わず、武蔵守に師事して技を磨いたものので……と、気づくと本筋が何だったのか、主人公が誰だったのかもわからなくなる。

何度も何度もページを巻き戻して読み直さないと理解できない。まるで外国語か古文を読んでいるような気がする。だが、何度も繰り返し読んでいるとだんだんその世界が見えてきて、最後には必ず「これは凄い！」と唸《うな》らされることになる。

もっとも、短編をいくつか読むうちに、前に読んだ短編のどこがそんなに凄かったのか、だいたい何の話だったのかも朦朧《もうろう》としてくる。しょうがないから、もう一回読み直す。そして、またしても「これは凄い！」と唸る。

これほど燃費がよく、走りが……いや、物語がいい小説も珍しい。

ただし、「（五味康祐の代表作である）『柳生武芸帳』がわかりにくいと言われること自体、理解できない。あんなにシンプルな小説はない」と断言する荒山徹氏のような特殊な読者には、不向きである。

もう一冊、最近旅先で読んでガッン！　ときたのは、椎名誠『武装島田倉庫』（新潮文庫）だった。念のために言っておくが、『本の雑誌』だからこんなことを言うわけでもなく、また拙著『ミャンマーの柳生一族』（集英社文庫）で解説を書いてもらったから義理で言うわけでもない。

今年、ラオスで読んだのだが、ほんとうに感嘆した。

何かの大戦争のために退廃した近未来が舞台の連作短編SF小説なのだが、これがまさしく現代にある「辺境」の世界なのである。

例えば、「なんでもいいから仕事を」と島田倉庫という倉庫会社に入社した若者は、強盗団が襲ってくるかもしれないと上司から武器（銃）を渡される。実際に強盗団が襲撃してくると、戸惑いながらも撃ち殺して撃退する。

若者には取り立てて深い思考や感慨はなく、状況に流されるように戦っている。で、撃退するとけっこう肉体的・精神的な充実感があったりする。若者にとっては倉庫管理の作業も戦闘も生きていくために必要という意味でさして大きなちがいがない。これはまさに私が接してきたゲリラの下っ端兵士そのものだと思った。

それから、「知り玉」。個人の権利も民主主義もない国家では政府の法治局が「知り玉」という玉状の監視装置を飛ばす。何か反体制的な匂いのする人間にまとわりついて監視するミニ・マシンなのだ。

これがまとわりつくと、周囲の人々はお上を恐れて監視されている人間自体に近づかないようになる。しかも国家からの文書をぞんざいに扱ったことを「知り玉」に報告され、渡し船営業の主人公は操業停止処分をくらう。

ここまではごく普通の「全体主義国家小説」なのだが、続きがちがう。

この近未来では、個人の権利など保障されていないが、すべてが混沌《こんとん》としていて国家の管理も行き届いていない。その結果、ライバル業者の大型船が連続して謎の事故を起こしたりもする。すると主人公の処分もとけ、客は少しずつ、腕のよい主人公の船に戻ってきて、しかも「知り玉」があるから、万一の事故の場合に当局にすぐ知れるから安心だという客も出てきた……。

これ、これである。「辺境」「第三世界」というのは、単純なイデオロギーや善悪では割り切れない部分があるのだ。

ラオスとカンボジアの国境はジャングルの中だった。

「今日は日曜日だ。日曜日に働いているオレに五ドルくれ」と堂々と主張するラオスのイミグレ係官がいた。私はそいつに「あんたが日曜日に働いているのはオレには関係ないから二ドルにまけてくれ」と言うと、係官はケタケタと笑ってOKした。

事を荒立てたくないが得もしたい（損もしたくない）と互いに思っているから、こんな一見不可解な交渉が成立する。

こういう、理屈より本能に忠実な旅をしているとき、『武装島田倉庫』を読むと、「そうそう、そうなんだよ！」と言いたくなる。

ちなみに帰国して読んだ同じく椎名誠の『水域』（講談社文庫）も辺境感があふれていて、「あー、旅先で読むんだった」と後悔した。

アジアや中南米、中東、アフリカなどに出かけるなら、この二冊のどちらかをかばんに入れることをお勧めする。

歴史的事実に沿った現代中国の「水滸伝」

『ゴールデン・トライアングル秘史』鄧賢／増田政広訳

（日本放送出版協会、二〇〇五年）

「ゴールデン・トライアングル」（本書の本文では中国語の「金三角《きんさんかく》」という言葉をそのまま使用している）とは一般にはミャンマー、ラオス、タイの三国国境の麻薬地帯を漠然と指す。だから、東南アジアの暗部だと思われがちだが、実のところ、その主役は五十年前から現在に至るまで、一貫して中国人である。私も金三角の核心部に長期滞在したとき、最も強く実感したのはそれだった。

そもそも国共内戦に敗れた国民党残党がミャンマーに逃げ込み、軍を維持するためにアヘンを本格的なビジネスにしたのが発端である。それが後には、軍内の分裂と地元の中国系有力者の参加でとめどもなく発達していったわけだ。

しかるに、これまでは信頼できる歴史資料としては、もっぱら欧米人の書くものしかなかった。アルフレッド・W・マッコイ『ヘロイン』（サイマル出版会）がその筆頭で、金三角が形成される世界史的過程はそこにすべて記されているが、CIAの動きを中心にあくまで中国人以外の文献や証言をもとに構成されており、「外部から眺めている」という感は拭《ぬぐ》えなかった。

金三角に関する本は中国語でもたくさん出版されているようだが、きちんとした取材や調査がなされ参考文献として使えそうなのはいくらもない。〝現代の魯迅《ろじん》〟と呼ばれることもある台湾の作家・柏楊《はくよう》が記した『金三角 辺区 荒城』（未訳）がその数少ない一つだが、奥歯にものがはさまったような記述が多すぎる。特に、肝心のアヘンについて何も触れていないのはいただけない。柏楊が中華民国（台湾）の人であり、国民党残党にせっかく取材しても身内意識が先に立ち、彼らの「悪業」にはどうしても目をつぶってしまうからだ。

さて、ここで満を持して登場したのが本書の鄧賢《とうけん》である。

彼は共産中国に生まれ育ったドキュメンタリー作家である。彼にとって国民党は「敵側」であるだけにさまざまな事件の真相を容赦なく暴いていく。そのいっぽうで「同じ中国人」という同胞意識から、戦争に敗れたうえ本国からも見捨てられてやむなく辺境の覇者になるしかなかった人々に深い同情を寄せている。著者自身が文化大革命の折、金三角のお隣でミャンマーと国境を接する雲南省に七年も下放されていたので、現地の事情を実感できたというのも大きい。

かくして、金三角をあくまで「中国人」という内側から見据え、しかも政治的に公平な立場に立ったユニークな「通史」が得られることになった。

とはいうものの、これが硬い歴史ドキュメンタリーには全然なってないところがまたおもしろい。

それは目次をちらっと眺めただけでもわかる。

「第2章 パンドラの箱 李国輝、死の谷を抜け金三角の開祖となる」「第8章 激動のシャン シャン州の全領主が李弥将軍にひれ伏す」「第20章 竜と蛇 クンサーが羅星漢を襲い金三角アヘン大戦を制する」……。

凄い。まるで『水滸伝』の目次を眺めているようだ。

実際に本文を読んでも、やっぱり『水滸伝』であった。

著者が取材のため金三角に分け入って行く。現在は旅行者が簡単に行けるところや観光地になっているところすらあるが、やっぱり「魔境に分け入る」というノリである。

そして、国民党残党の将兵や子孫に往時の話を聞いては、それを小説的な形で蘇《よみがえ》らせる。ノンフィクション・ノベルとでも言うのだろうか。

つまり、現代の著者の冒険取材行と、五十年にも及ぶ「血と硝煙の魔境冒険大活劇」が交互に語られていくという二重構造になっているのだ。

そこで描かれるのはしかし、勇ましくも残虐な物語だけではない。共産中国はもちろん、ミャンマーやタイという現地政府軍にも追われ、「祖国」である台湾からも見放された戦士の涙、志を失いアヘンと金に走る将軍の堕落、戦友を裏切り出し抜かねば生きていけない下級将校の非情などが、生き生きと描かれている。

主要登場人物のほとんどがろくな最期を迎えてないのも本家『水滸伝』さながらで、とかく過剰な表現の合い間に哀切な無常感が漂っている。

イデオロギー闘争がまさに「歴史物語」として語られる時代になったという感慨を得る反面、「抗日戦争の勇士として」とか「日本人のような残虐さ」といった中華ナショナリズム的表現が少なからず見られるところから、なぜ今本書が中国で大ベストセラーになっているか察せられ、その意味でも興味が尽きない本である。

ケモノとニンゲンの鮮やかな反転

『サバイバル登山家』服部文祥（みすず書房、二〇〇六年）

「サバイバル登山家」というタイトルに、生の魚を頑丈そうな歯で引きちぎろうとする、目が異様にギラギラした男の写真。

表紙を見たとき、正直「キワモノなのでは……」と心配になったが、本文を読んで杞《き》憂《ゆう》だとわかった。キワモノなどとんでもない。本物そのものである。なにしろ、この人の究極の目標はほんとうに「ケモノのように生きたい」ということなのだ。

K2登頂、フリークライミング、沢登り、山スキー……とあらゆる登山を追究してきた登山家は、ついに登山道具を捨て、極力自然に近いスタイルで山を登り出した。

食料は少量の米と調味料のみ、テントもコンロも燃料も持たず、ときにはシュラフ（寝袋）やヘッドライトやラジオすら拒否し、一人で困難な奥深い山に二週間も三週間も入る。岩魚《いわな》を釣り、ヘビやカエルを殺し、山菜やキノコを採ってかろうじて食いつなぐ。虫には刺され放題、孤独と暗闇の不安に耐え、ヒグマや台風・豪雪の恐怖と戦いながら……。

登山をやったことのない人には考えられないだろうし、ちょっとでも登山をやったことのある人にはますます考えられない。「異端」と言って差し支えないだろう。

どうしてそんなことをするのか。そんな読者の問いに答えるように彼は繰り返し語る。「生命体として生々《なまなま》しく生きたい」と。

しかし、著者は生まれつきの異常人ではなかった。その逆である。第I章の冒頭はこんな一文で始まる。

「気がついたら普通だった。それが僕らの世代の思春期の漠然として重大な悩みである。おいしい食べ物や暖かい布団があり、平和で清潔だった。そして僕らはいてもいなくてもかまわなかった」

欠けているものが何一つないという欠落感に悩み、自分が生きているという実感がない。彼は一九六九年生まれで、私と二、三歳ちがいだから、その気持ちはよくわかる。わかるけれど、私を含め、たいていの人間はそのまま快適な文明生活に流されていく。

だが、彼はちがった。欠落がないなら欠落をつくろうと考えたのだ。話は簡単で、文明の利器である道具類をどんどん捨てた。欠落した部分は、自分の体力、技術、創意工夫、研ぎ澄まされた五感で補う。そのとき彼は自分が「山のゲスト」ではなく「山のケモノ」に近づいたように感じる。

食べるものは自分で殺す。判断を誤れば簡単に自分が死ぬ。早い話が「やるか、やられるか」の世界だ。それが「自然に対してフェアなスタンスだ」というのが著者の信念である。

必然的に、本書には危機一髪の冒険譚がこれでもかと登場し、たしかにそれだけでもハラハラするし、興奮もするのだが、一番の読みどころは著者の文章の「本物感」だ。

食料を限界まで切り詰めているため、いつも腹を空かせており、なるべく他の登山者と会わないようにしていながら、会ってしまうと、「何か旨いものがもらえるかも」と付け狙う。たった一人で美しい風景に出会い、「凄いな」と一声かける相棒もなく寂しさに暮れる。世界とのヒリヒリとした摩擦が、彼の登山と同様、ケモノのように虚飾のない筆致で描かれている。

最も印象的だったのはサバイバル登山を始めた頃の記述だ。山の中、ロウソクの小さな灯りの下で著者は懐疑する。そして肯定する。独特な形で。

「僕のやっていることは遊びなのだろうか。サバイバルといったところで、あえて自分に課した課題でしかなく、ヘビやカエルを食べているのも、必要に迫られたというより、そんな気分に浸りたいだけなのかもしれない。

だが、いま僕を包んでいる暗闇は本物だった。（中略）目の前で岩魚を照らしている焚き火をおこしたのも僕だ。岩魚は僕が殺したのだ。素直、自然、ありのまま、それらの言葉が意味するものは、真実ということに近い。本物とはそういうことだ」

ここに、立ち上がってくるのは紛れもない「人間性」である。考えてみれば、動物はあえて厳しい環境に自分を追い込もうなんて思わない。そこで生命体を実感しようとも思わない。

ケモノになりたい彼は誰よりも人間的なのだ。そして、翻ってみれば、快適な文明に流されている私たちがまるで動物、それも家畜やペットのように思えてくる。

ケモノとニンゲンの鮮やかな反転。それこそが本書の隠れた主題である。ケモノの肉体とニンゲンの感性をそなえた男の文章は美しい。本物とは、きっとそういうことなのだ。

五感ギリギリの状態で生きるおもしろさ
『アマゾン源流生活』高野潤（平凡社、二〇〇六年）

書評でこんなことを言うのもなんだが、読むのが辛い本だった。

著者は一九七〇年代後半からアマゾンに通い出し、九〇年代中頃以降は、ほぼ毎年アマゾンの源流域で四、五十日を過ごしている。凄いバイタリティだが、奇妙なことに、いくら読んでも彼が何を目的にアマゾンに行くのかさっぱりわからない。

写真家だから当然写真を撮りに行くのだろうと思いきや、撮影の話はほとんど出てこない。「ついでに写真も撮っている」という程度の印象だ。

何しに行くのか説明されないまま、アマゾンのジャングルの危険、不愉快さが延々と述べ立てられる。

昼間はブユ、夜は蚊の猛攻に悩まされ、毒ヘビ、サソリ、タランチュラ、ワニ、ジャガーの脅威におびえる。マラリヤや寄生虫、風土病などに自分や仲間が倒れ、ある種のエイやナマズの毒トゲで激痛に苦しむ。すさまじい激流や突如増水する川、天地がひっくり返るような落雷に命がひょいっと持って行かれそうになり、文明に馴染まない先住民や盗賊の襲撃にも注意を払い、しかも猛暑……と、とにかく読んでいるだけで辛くて恐ろしくなる。

私は著者には到底及ばないが、ジャングル生活の辛さや危険を知っているだけに、リアリティも増す。正直言って、あまりに辛いので、何度も読むのをやめようと思ったくらいだ。だが、いったん閉じた本を、なぜかしばらくするとまた開きたくなる。

何というか、「もうちょっとだけアマゾンの雰囲気に浸りたい」と思うのだ。著者がそこまでしてアマゾンへ行く理由を知りたいという気持ちもある。

著者は危険や不快さを楽しむ自虐的趣味の持ち主でもない。すごく嫌がっている。そして不思議な情熱と几帳面さで、その障壁のいちいちを乗り越えようとする。

毒ヘビを殺すとき、刃物だとちょん切れた頭が飛んできて咬《か》みつかれる恐れがあるから棒で叩くほうがいい。アマゾン域は猛暑で頭の動きが鈍くなるから、どこへ出かけるときも道具類は要不要を考慮せずワンセット持って行ったほうがミスがない。テントの近くにはカカシをつくって泥棒や猛獣よけにする……。

こうして著者はアマゾン生活に熟練していく。だがそれは快適度と安全性を若干高めただけにすぎない。著者は言う。

「経験からわかったことは、経験がすべて生かされるわけではないということであった。アマゾン域の自然は人間の経験など認めるのが好きではないらしい。必ず、予想外の自然を披露してくる」

予想外の自然とは何か。例えば、原因不明の暴風「ベンタロン」。川を下っていると き、突然、大木を根こそぎにしたり、幹をへし折ったりしながら巨大局所台風みたいなのが襲ってくる。さながら、転がる巨石から逃げるインディ・ジョーンズのように、著者の一行は激流を突破して、暴風から逃げる。

あるいは、森の中のものすごい異臭。大蛇アナコンダが脱皮をしていたり、呑み込んだ獲物を消化させているときに発する臭いらしい。また、毒ヘビの一種もこの手の悪臭を放つ。

中にはほんとうに信じられない話も出てくる。食べた魚の骨が喉に刺さり、著者は一カ月も苦しむ。やがて骨は自然に消えるが、日本帰国後、首の付け根がぼこんと腫れあがる。切開してみたら魚の骨が出てきたという。ほとんど「ブラック・ジャック」の話みたいで、これも立派なアマゾンの予想外の自然である。

こうして辛い読書を続けているうちに、最後のほうになってようやく私は自分がなぜ、この本を放棄せずに読み続けてきたのかわかった。いやそれどころか、著者が羨ましくなり自分もまたアマゾンに行きたいなどと思ってしまった。

本書の魅力は一口に言えば、想像を超えた困難のうちに、五感を駆使してギリギリの状態で生きるおもしろさだ。アマゾンの自然には絶対に勝てない。だが、精一杯の工夫と鍛錬でアマゾンの片隅に生かしてもらうことができるようになる。

ただ、そこで生活する——それが最終的に著者がたどり着いた「目的」である。あたかも先住民になったかのようだ。自然に九十九パーセントまで押さえつけられながら一パーセントの自由を満喫する。そこに人間の究極の自由を感じてしまう。

不自由な自由さに悩む現代人のみなさんに、辛い読書をお勧めしたい。

支隊を消した「真犯人」は誰か

『シャクルトンに消された男たち』ケリー・テイラー＝ルイス／奥田祐士訳（文藝春秋、二〇〇七年）

二十世紀初頭、アムンゼンの南極点到達を受けて、シャクルトンなる探検家が南極大陸横断を目指した。ところが南極の氷の海で船が難破、彼の隊は遭難する。流氷の上をさまよい、救命ボートのような小舟で荒れ狂う厳寒の海を渡り、最後には前人未踏の雪山を何の装備もなく踏破して、なんと十七カ月後、二十七名全員が奇跡の生還を遂げる。日本でA・ランシング著『エンデュアランス号漂流』（以下『漂流』）（新潮文庫）で一躍有名になった探検だ。長嶋茂雄みたいに超前向きでカリスマ性のあるシャクルトンと彼を敬愛する隊員たちが一致団結し極限状況を乗り越えていくドラマも凄いが、感動を隠した冷静な文体と緊密な構成も凄い。完璧なノンフィクション、まさに名著だ。

ところが世紀の探検と名著には裏があった。シャクルトンの探検には実は「ロス海支隊」というサポート隊があったのだ。大陸の反対側から上陸し、ちょうど大陸横断の真ん中地点まで行って食糧を補給することを任務とするその支隊は十人中三人が命を落としていた。「隊員を一人も死なせなかった」がシャクルトン神話の肝なのに、その肝自体が偽りだったのだ。『漂流』は支隊の行方にはいっさい触れていない。シャクルトン探検を記した他の類書も同様で、かろうじてシャクルトン自身の記録にはこの隊について一章さかれているが初めて邦訳されたときにはカットされていた。

まさに「消された」のだ。では消された男たちは何をしていたのか。それを描いたのが本書だ。

ロス海支隊はほんとうに悲惨だ。本隊は最高の船に十分な装備と充実したスタッフをそろえて出発したのに、こちらはオンボロ船とギリギリの装備のみ。隊長は極地探検に不案内で人望がなく、経験豊かだが性格に難のある下士官と激しく対立。食糧は足りず、壊血病と凍傷が酷く、ソリ用の犬はバタバタ死に、争いと混乱ばかり。痛快な『漂流』とあまりにちがいすぎて、読むのが辛い。

ところが驚くべきことに、彼らは「本隊のために」を合言葉に絶望的な状況を乗り越え、奇跡的に大陸の中央部に達し、一連の補給所の設営に成功してしまう。

なんという皮肉だろう。

上陸すらできずただ遭難して帰ってきた本隊が英雄になり、任務を遂行したばかりか自らが南極探検に成功した支隊が忘れられてしまうとは。

彼らの探検行は誰に「消された」のだろう？　シャクルトンではない（彼は彼なりに支隊に気をつかっている）。「物語」に消されたのだ。『漂流』が完璧なのは、シャクルトン本隊が迷いなく困難に突き進むからだ。迷いと争いだらけの支隊の話が入ると、読者の気が逸れ感動が薄まってしまうのだ。

辛い読書はしかし、最後に不思議な感銘をもたらす。英雄になれなかった分だけ生き残りの隊員たちがリアルなのだ。特に彼らが故郷に戻って第一次世界大戦の悲惨さを目の当たりにし、「俺たちは何をしてたのか」と衝撃を受けるシーンは胸に響く。そこに別の「物語」が見事に立ち上がる。

『漂流』が名著なら本書も好著。併せて読みたい。

時も場所にもこだわらない

『海の漂泊民族バジャウ』ミルダ・ドリューケ／畔上司訳（草思社、二〇〇三年）

夢のような物語である。

主人公は独身のドイツ人女性写真家。『エル』や『マリ・クレール』などに寄稿執筆するという、人が羨むような仕事をしているが、「これが本当の私なのか？」という疑問にとらわれている。

そんな彼女はある日、インドネシアにバジャウという「漂海民」がいることをある民族学者から聞く。その民族は屋根付きの小舟に乗ったまま、一生を海上で過ごすという。彼女はかつてヨットで世界一周をしたことがあり、「海の上にずっといたい」「世間が監獄のように感じる」人間だった。

彼女は自分の理想を日常としていると言われる「自由の民」のもとへ、「本当の自分」を探しに行く……。

と、ここまで読んで、私は恥ずかしくなってしまった。近頃、日本でも猛威を振るっている「自分探し病」の典型症状が描かれているからだけではない。私もかつて「アフリカに行けば悟りが開ける」と信じて、コンゴくんだりまで行ってしまったことを思い出したからだ。

それでもつい読みすすめてしまった。だって、海の上で自由に生きる民なんて素敵ではないか。

バジャウとは自称「サマ」、フィリピンからマレーシアにかけての沿岸島嶼部《とうしよぶ》に居住する海洋民で、オーストロネシア語族に属し、推定人口は二十五万〜三十万人。中華の高級食材ナマコは主に彼らの採集に頼っている——なんてことは、この本にはまったく書かれていない。

そもそもこの本にはおよそ「説明」というものがない。

具体的な地名はすべて仮名で、いつ、どのくらいの期間、そこへ行っていたのかもわからない。文脈から、九〇年代に、一年以上、陸地や海を行ったり来たりしていたことがぼんやりとわかる程度で、鮮やかな写真がなければフィクションではないかと疑うくらいだ。

著者の意図は明らかだ。バジャウの人々は時間を区切ることを嫌う。彼らの口癖は、「まず食べて、食べ終わったら眠る。眠りが終わったらコーヒー、コーヒーが終わったら、魚を捕る」である。

場所にもこだわらない。実際には純粋に小舟だけでさすらっているバジャウは少ないが、それでもまだ一部の人々は気が向くままに舟を操り、魚やナマコをとりながら、移動を繰り返す。真っ暗闇の中でも「足の裏で感じ」て目的地に着く。

こんな人たちと一緒に何カ月も暮らしていたら、いちいち時間や場所を書くのがばからしくなるだろう。著者は頭で考えることをやめ、感じることを大切にする。海と自分の心を漂いながら、それを説明しないで「描写」する。

全体を通じて、江國香織の小説にも似た小春日和めいた読み心地だが、ときどき突然、やけに感傷めいたり、かと思えば、「ありのままを受け入れる」という澄み切った境地に達したりして、トーンは一定ではない。普通なら引っかかるはずのそのイレギュラーさがここではかえって新鮮なのは、小舟が櫂《かい》の一漕《ひとこ》ぎでくるっと急転換する情景とシンクロするせいか。訳文の美しさも際立っている。

肝心の「自分探し」だが、結論は書いていない。読む側もそんなテーマはとうに忘れ、それより、ここに登場するユニークな人々に無性に会いたくなる。特に「究極の自由老人」ラハリ翁はかっこいい。

私もまた旅に出たくなった。

「伊藤」は辺境地によくいる男

『日本奥地紀行』イザベラ・バード／高梨健吉訳
（平凡社ライブラリー、二〇〇〇年）

イザベラ・バード『日本奥地紀行』は、明治十一年、一人のイギリス女性が、当時は奥地以外の何ものでもなかった日本の東北や北海道を旅した記録である。

昔の日本を知る有数の資料だが、私が読んでひじょうに興味深いのはそれが私の知る、現在の世界の辺境によく似ているからだ。

まず、旅行中の最大の困難は、他の外国人も指摘していたように、「蚤《のみ》の大群」と「馬が貧弱であること」。今でもアジア、アフリカの辺境地では移動手段がボロボロの車しかないこと、それにどこへ行っても蚊、ブユ、しらみ、蚤など虫との闘いであることとまったく共通する。

日本の辺境地の数少ない利点としては、「女性の一人旅がまったく問題ないくらい治安がいいし、無作法な目にもあわない」とあちこちで書かれている。これまた、現在の辺境と同じだ。

ほんとうの辺境は実は治安がいい。例えば、アフリカでダントツに治安が悪いのは南アのヨハネスブルグ、ケニヤの首都ナイロビなどモダンな大都市ばかりで、僻地《へきち》に行けば行くほど、人は素朴になり犯罪は減る。

また辺境地には「旅人をもてなす」という古い習慣が残っている――というより旅人自体が稀少《きしょう》なので「稀少なものは大切にする」という一種の経済原理がはたらき、「やあ、遠路はるばるよくいらした」という態度で迎えられる。外国人が女性ならなおさら大切にされる。

だが、何よりも私が「これだよ、これ！」と膝を叩いたのはバードの通訳兼ガイドを務めた「伊藤」という十八歳の若者だった。

彼は最初にバードと対面したときから、保証人からの推薦状を持っていないことについて「父の家に最近火事があって、焼いてしまった」と抜け抜けとウソをつき、旅に出ては「上前をはねる」ことが得意で、バードに対しては「日本の習慣を尊重せよ」と説教し、他の日本人に対しては「このお方は学者《ガクシャ》です」とバードを持ち上げることによって居丈高になるという、うんざりする輩である。

いっぽうで伊藤は通訳以外に料理も洗濯もなんでもやる働き者で、多忙な合い間の猛勉強で英語をどんどん上達させ、主人を守ることにはマジメであり、しまいにはバードがすっかり頼りにしてしまうようになる。

いるんだよなー、辺境にはこういう妙な男が。辺境で外国人の相手をする（相手ができる）現地人というのは、伊藤と同様、往々にして「異端で異能の人」なのだ。

私はすっかり伊藤に親近感を抱いてしまい、ましてや彼が自分と同じ日本人なだけに「伊藤の気持ちはどうなのだろう?」と忖度《そんたく》した。いっそ私が伊藤の側からバードを描く小説を書いてみようかと思ったりもした。

まさか中島京子が『イトウの恋』（講談社文庫）でそれを見事に実現しているとは露知らずに。

言実一致のナカキョー、最高！

『均ちゃんの失踪』中島京子（講談社、二〇〇六年）

今私がダントツに好きな小説家は、中島京子である。勝手に〝ナカキョー〟と呼ばせてもらっているくらいだ。

ナカキョーは「旅」を描く作家として出発した。それも時空を超える旅である。前回で触れた『イトウの恋』は、明治時代に日本の辺境を旅したイザベラ・バードにその通訳兼ガイドの伊藤なる若者が想いを寄せていたという設定で、彼らのそれぞれの孫である二人の男女が、祖父と祖母の秘密を追ううちに本人たちも次第に心通わせていく様を描いている。

デビュー作の『ＦＵＴＯＮ』（講談社文庫）も、日本文学研究者のアメリカ人が齢九十五の日本の老人と交錯するし、長編第三作の『ツアー１９８９』（集英社文庫）では、返還直前の香港で行われた妙なツアーの記憶が今になって蘇るというものだった。

こうして異国と過去を重層的に織り込むのを得意とするナカキョーだが、必ずしもそれが凄いというわけではない。

では私がナカキョーに惚れた理由はと言うと、実は時空の旅なんて関係なくて、それはもう「文章がうまい」――これに尽きる。

ここで曲がりなりにも書評エッセイとして、彼女の人物描写や会話などを実際に挙げるべきなのだろうが、それは至難である。

ナカキョーの文章には気の利いたセリフもなければ、ハッとする言葉も出てこないから、一部分を抜書きしてもその素晴らしさは伝わらない。

彼女の文章は全体がいいのである。

私はナカキョーの小説を読むたびに、いつも馬謖《ばしょく》を思い出してしまう。

馬謖とは『三国志』に登場する蜀《しょく》の武将だ。

始祖である劉備《りゅうび》亡き後、弱小の蜀はぼろぼろになりながらも、諸葛孔明が自ら軍を率いて宿敵・魏《ぎ》との戦いに臨む。しかし蜀軍最後の切り札とも言えた武将・馬謖は孔明の命に逆らい、自分の才に溺れて惨敗を喫する。その責を問い、孔明は泣く泣く馬謖を処刑する。有名な「泣いて馬謖を斬る」というやつだ。

そのとき孔明は劉備の遺言を思い出す。

「馬謖は、ことばが内実に超えておる。重く用いてはならぬ」（『完訳 三国志』小川環

樹・金田純一郎訳／岩波文庫）
「言葉」が「内実」を超える――。中国語の原文では「言過其実」で、つまり「言」と「実」である。
ここでナカキョーに戻ると、彼女の文章は馬謖とは真逆で、「言」と「実」に寸分のずれもない。言文一致じゃなくて〝言実一致〟なのだ。一語一句が書き手の才能、考え、感性を決して超えず、また不足もしていない。世界観じゃなくて世界そのものがある。『均ちゃんの失踪』では、時も空も超えない。無論、言が実をも超えない。それが最高に心地よい。

イラン人の生の声を聞こう！

『例えばイランという国——8人のイランの人々との出会い』奥圭三
（新風舎、二〇〇二年）

自分の書評コーナーを持ったらぜひ取り上げたいと思っていた本がいくつかある。その筆頭が奥圭三『例えばイランという国——8人のイランの人々との出会い』だ。

旅好きの人が仕事の合い間に二週間ほどイランへ行き、いろんな人と出会ったというだけの話なのだが、これがめちゃめちゃオススメだ。

まず、貴重である。イランは一九七九年のイスラム革命から現在に至るまで、国際問題の「エース」級の活躍を続けているが、〝普通のイラン人〟について書かれた本はあまりに少ない。研究者が書いた本以外は、シルクロード紀行みたいな旅行記の一コマとして、ちょこっと登場するのが関の山だ。日本人のイランに対する無関心や腰の引け方がわかるだろう。

実際に、著者も出発前に家族や友人から「危険だ」「とんでもない！」と猛反対を食らっている。旅慣れした著者もさすがに腰が引け、おそるおそるイランの首都テヘランに降り立つが、待っていたのは「歓迎」と「親切」の嵐だった。

バスに乗れば、手助けと好奇心から人だかりができ、片言のペルシア語で「ありがとう！」と叫べば、黒衣の女性たちも満面の笑みを浮かべる。しまいにはバスは乗客を全部下ろしたあと、なんと著者のために目的地までタクシーのように走ってくれた。

「イラン、いい国ではないか！」。感銘を受けた著者は、近寄ってくるイランの人たち（イランでは向こうから近寄ってくる人にも下心のある人がすごく少ないようだ）とどんどん友だちになる。彼らの肉声がまた味わい深い。

日本の自衛隊問題を話すと、「何言ってるんです、平和憲法は素晴らしいじゃないか。しっかり誇りをもちなさい！」と著者を叱りつけた大学生のジャレリー。「腐った聖職者に逆らうとイスラム革命軍警察に消される」と声をひそめる闇両替屋のレザー。空手をやっているというので、「得意技は何？」と著者が訊《き》くと、いきなり「ソトガンメンサコツウチ（外顔面鎖骨打ち）!!」と叫んだ美少女カメリア。「アメリカ人は自分たちのやっていることが心底正しいと思っていて、それがイスラム諸国の民衆は耐えられないのです」と流暢な英語で語る高校生ジャバード……。

彼らの言葉はアメリカの大統領のそれよりずっと多様性があり、個性的で、情感に満ちている。本書を読めばすぐにでもイランに行きたくなること、受け合いである。

唯一気になるのは、この旅行が二〇〇一年八月、つまり9・11の直前だということだ。それ以後、彼らのアメリカや日本に対するスタンスはどう変化しているか。著者・奥圭三さんにはもう一度イランに行ってもらわねば。

言いそびれたが、奥さんは文章がすごく達者だ。歴史認識とユーモアのセンスも光る。編集者はすぐ、この人に仕事を頼むべきだ。

四万十川で再会

『忘れられた日本人』宮本常一（岩波文庫、一九八四年）

いろいろ事情があって、東京から沖縄まで自転車で神頼みをしながら南下するという旅に出ている（「事情」を知りたい方は、集英社文庫の『神に頼って走れ！』をどうぞ）。

今は高知県の四万十川流域に到着、そこで生活している探検部の先輩宅に泊めてもらっている。

先輩宅では習性ですかさず本棚をチェック。その中に宮本常一『忘れられた日本人』を発見した。

おお、懐かしい。ページをめくり、初めの「対馬にて」を読み出す。

宮本常一が村の重要な古文書を借りたいと願い出たところ、寄り合いが開かれ検討されることになった。しかし、それが長い。議論が交わされるわけでなく、それにまつわる昔話やら世間話など、あっちこっちに話は飛び、おしゃべりが延々と続く。そして、丸一日かけてようやく承諾された――それが冒頭の部分だ。

「私にはこの寄りあいの情景が眼の底にしみついた」と宮本常一は記している。儀礼ほどでもない、すごく意味があるわけでもない、だけどみんなが寄り合いに参加し、なんでもいいからしゃべることが大事だという感覚に宮本常一は強く惹かれた。だからこそ、彼の代表作となる本書の冒頭にこの逸話が据えられたのだろう。

私も二十代半ばに本書を手にとってこの寄り合いの場面を読んだとき、情景が目にしみついた。正確にはその情景を「思い出した」。

かつて私がコンゴの奥地にムベンベなる怪獣を探しに行ったときだ。怪獣が棲む湖は聖なる湖であり、村の許しを得なければならない。そこで長い長い寄り合いが開かれた。ヤリを手にした村人が「白人はみんな自分勝手だ」とか「あの湖は昔、人が誰も行けなかった」など、一人ひとり酋長の前で意見を言う。中には脈絡なく、太鼓を叩き出したり、角笛を吹く者もいる。

ところが、この寄り合いには意味がなかった。というのは、ほんとうの交渉は、寄り合いの休み時間に、屋根の軒下でひっそりと行われたからだ。

それまでいろいろな人類学や民俗学の本を読んできたが、儀礼を中心とした非日常のことばかりで、寄り合いの話などなかった。

本書を開いて初めて、あの一見不毛な寄り合いが対馬のそれとまったく同じ意味を持っていたことを知ったのだった。

もう一つ、宮本常一の本でひじょうにしっくりきたのは、個々の人や村の名前を挙げ、様子を臨場感たっぷりに描く手法だ。個人を大切にし、抽象に走らないのだ。

いわば、民族（民俗）誌でなく生活誌。それが宮本常一のスタンスであり、私が『アヘン王国潜入記』（集英社文庫）を書くときに手本としたものでもある。

本書を携え、明日は四国を出て九州に渡る。

腸《はらわた》の中から屠畜と土地を描く傑作ルポ
『世界屠畜紀行』内澤旬子(解放出版社、二〇〇七年)

相変わらず自転車での放浪旅を続けている。今はゴール目前の那覇。そして手元には内澤旬子『世界屠畜紀行』。この旅で本書を手にするのは実は二回目だ。

一度目は、S社の担当編集者が「すごくおもしろい本がある」とメールで教えてくれたので即「送って!」と頼み、滞在先である高知の四万十の友人宅で受け取った。

ページをめくれば、やっぱりすごくおもしろい。でも分厚いので半分くらい読んでタイムアウト、また自転車で再出発となり、余計な荷物は極力減らしたいし、友人も読みたがっていたので置いていくことにした。次の連載が回ってくる頃にはさすがに東京に戻っているだろうと思っていたし。

ところがどっこい、まだ旅は終わってない。慌てて『本の雑誌』の松村さんに頼んで宅配便で送ってもらった次第。こんな素敵な本に限って、地方じゃなかなか入手できないからだ。

そこまでして、何がそんなにおもしろいかって言うと、もう何もかもおもしろい。韓国、モンゴル、チェコ、バリ島、イスラム諸国、アメリカ、そして沖縄、東京と、世界中の屠畜現場へ行き、牛、豚、羊、ときにはラクダや犬まで、プロ・アマ問わず、屠畜（殺して解体するまで）のやり方を徹底リポートするなんて前代未聞。

親しみある、でもマンガちっくでなく臨場感あふれるイラストと、これまた読みやすいがヤワでない文章が、生き物が肉になる様子をわくわくしながら実況してくれる。

日本では屠畜にはタブーと差別がつきものだが、外国ではどうなのか。そこを深く、しつこく突っ込むのも読みどころだ。「牛を『殺す』とは言わない。神様や人間が食べるために『切る』と言う。そして、それはよいこと」と断言するバリ人の運転手。「差別はない」と言いながら、気持ちは揺れる韓国の人々。屠畜職人を「ヒトゴロシみたいで怖い」と偏見視するのに、羊を殺すこと自体は「私、上手にできるよ。楽しいよ」と大はしゃぎするイラン人の通訳……と、まことに多種多様。著者と現地の人のズレ、それに同じ現地でも個人によって感じ方にちがいがあり、そのズレとちがいの中から現地の匂いがもんもんと立ち上ってくる。まさに「腸《はらわた》の中から土地を描くルポだなあ」と感嘆させられる。

しかし、本書を読んでいちばん痛切に思ったこと、それは「オレも屠畜をやってみればよかった！」に尽きる。

私はアフリカで、サル、ゴリラ、ニシキヘビ、ワニなどの屠畜現場にいた。ミャンマーの山奥に住んでいたときには、「儀式＝肉食」で、村人が大喜びで牛やら豚やらを殺して捌《さば》いていた。どちらも、素人の私が手を出したら迷惑だろうと遠慮してしまったのだが、私が手を出したら現地の人もおもしろがったにちがいない。惜しいことをした。

次回こそ、屠畜の機会は絶対に逃すまいと誓いつつ、今は著者絶賛の沖縄名物「ヤギ鍋」のことで頭がいっぱいなのだった。

男の本能がかきたてられるドタバタ探検・冒険記

『アフリカにょろり旅』青山潤（講談社、二〇〇七年）

以前、インドで目撃された謎の怪魚探しの準備をしているとき、東京大学海洋研究所の先生におもしろい話を聞いた。海洋生物学で第二次大戦後最大の発見はシーラカンスの発見だという。そして、二番目は一九九七年のインドネシアでのシーラカンス発見。さすが生きた化石シーラカンス、一位二位独占だが、次が意外だった。「東大海洋研によるニホンウナギの産卵場の特定」だというのだ。

もっと驚かされたのは、その調査方法だ。まず、すごく大雑把な予想を立てて、適当に網を引く。網にウナギがかかったら、その日齢を調べ、少しでも若いウナギが見つかった方向に移動し、また網を引きまくる。その繰り返しを三十年続けたという。

え、そんな原始的なやり方なんですか！　びっくりする私に先生は微笑んで言った。

「海はまだ謎に満ちています。まだ探検・冒険の世界なんですよ」

私は感動しましたね。だって、今どき「探検・冒険」なんて堂々と言う人はいないもの。私がもし今学生だったら、かなりの確率で東大海洋研入りを目指したことだろう。入れるかどうか別として。

では、実際に東大海洋研の人々はどのように探検・冒険しているのか。その全貌(?)がついに解き明かされたのが青山潤著『アフリカにょろり旅』である。

例のウナギチームの教授と二人のメンバーが、世界十八種類のウナギで唯一まだ採集されていない種「ラビアータ」を捕獲するため、アフリカへ飛ぶ。つまり、海ではなく、陸を探し回るのだが、これがとんでもない。

予算に限りがあるため、宿泊はトイレにウンコが山盛りになっているような安宿、移動は乗り合いのトラックかミニバス。ある村では「ウナギを食べた」という情報を聞き、骨だけでも入手しようと、ゴミが埋められた地面を木の棒で必死でほじくり返す。「調査に支障をきたしてはいけないから」という理由で生水は絶対に飲まないが、そのために熱中症にかかってあやうく死にかけたり、あまりに治安が悪い街では傭兵と間違えられたり。

私は唖然《あぜん》としてしまった。まるで私たちが学生時代にアフリカに怪獣探しに行ったときとそっくりのドタバタ加減だ。この人たち、みんな三十過ぎの立派な学者なのに。

ウナギはいっこうに見つからない。やっと四匹見つかったが、「標本三十匹」という目標は遠い。教授の去ったあと、二人の若者は猛暑の中、だんだん精神を蝕まれていく……。

この最後の場面で私は思わず目が潤んでしまった。そうなのだ。ほんとうの探検・冒険は全然かっこよくないのだ。地味でマヌケで悲惨なのだ。でも、この本を読み終わったとき、私は「俺もまた探検したい！」と叫びそうになった。なぜか。それを知りたい人は最後の教授の名言を読んでほしい。男の本能がバリバリかきたてられること間違いなしだ。

エンタメ・ノンフの雄、宮田珠己を見よ！

『ふしぎ盆栽ホンノンボ』宮田珠己（ポプラ社、二〇〇七年）

今、どの書店でも「本屋大賞フェア」が花盛りだ。小説が売れないこのご時世、盛り上がるのは結構なことだが、しかし……と私は考え込む。小説に輪をかけて売れないノンフィクション（長いので以下「ノンフ」）はどうなるんだろうか。

そもそも、小説には数えきれないくらい賞があるが、ノンフには文藝春秋の大宅賞と講談社ノンフ賞にほぼ限られる（他に集英社の開高健賞と小学館ノンフ賞があるが、いずれも公募制で本来は新人賞的位置づけである）。そして、その両方とも、対象としているのはハードなルポか体験記、つまり小説の世界で言う「芥川賞」的な作品のみである。

だが、小説と同じように、この世界にも、おもしろい読み物であることを第一義にした「直木賞的ノンフ」私が呼ぶに「エンタメ・ノンフ」があり、優れた書き手も少なからず存在する。

その筆頭に来る一人が宮田珠己だろう。デビュー以来ずっと〝くだらないこと・もの〟にこだわりながら、「この本の収益の一部をかけがえのない世界の海とそこに棲《す》む生きものたちを、わたしが見に行くために捧げたい」（『ウはウミウシのウ　シュノーケル偏愛旅行記』白水uブックス）などという、人を食ったユニークな文体で語り続けている。

最近は〝くだらないこと・もの〟の中でも、「変な形と風景」に尋常ならざる熱意を燃やしている。前作『晴れた日は巨大仏を見に』（白水社）では、日本全国にあるウルトラマンより大きな仏像を訪ねて歩いたが、今回は一転して、ミニチュア世界に飛んでいる。それが新作『ふしぎ盆栽ホンノンボ』だ。

ホンノンボとは、岩を主体としたベトナム式盆栽で、日本の盆栽以上に国民的な趣味となっているという。驚かされたのは、これまでホンノンボについて報告した日本人が皆無だということだ。これだけベトナムへ行く人が多く（私も三回行っている）、中には住んでしまう人だって珍しくないのに、その大半はホンノンボの存在にも気づいていない。視界に入っていても「見えない」のだろう。

ある意味で、ホンノンボは「ベトナム人にしか見えない精霊」なのだ。それが見えてしまううえ、魅力にとりつかれる宮田珠己はあらためて凄いと思うが、その精霊がかなり雑でてきとうな代物であることがおかしい。

しかし、宮田珠己はホンノンボをこんな素敵な言葉で弁護する。

「負けを承知で手のうちを開けっぴろげて、結局やっぱり負けてしまうんだけど、それでもあっけらかんとしているようなバカ者の、明るさと正直さと矜持《きょうじ》のようなものを見る思いで、ものの良し悪し以上に上乗せして肩入れしてしまう」

独特の宮田節に乗せられながら、ホンノンボの写真を眺めると、だんだんそのベトナムの精霊世界に私も肩入れしたくなってきた。

「本屋大賞ノンフ部門」とか「このエンタメ・ノンフがすごい!」とかあれば、本書のベストテン入りは確実だと思うんだけど……。

エンタメ・ノンフの横綱はこの人だ！

『素晴らしきラジオ体操』高橋秀実（小学館文庫、二〇〇二年）

前回、この欄で宮田珠己の『ふしぎ盆栽ホンノンボ』について書いたが、あとで高橋秀実《ひでみね》が読売新聞（二〇〇七年四月二十九日）の書評でやっぱりこれを取り上げていることを知り、驚いた。というのは、宮田珠己の次は秀実さんだと決めていたからだ。

さらに、秀実さんがその書評で「盆栽より著者のこだわりのほうが不思議なものに見えるのもホンノンボゆえか」と書いているのには笑った。なぜなら、秀実さんこそ、いつも不思議なこだわりでルポともなんともつかない作品を書いているからだ。

秀実さんは、私がジャンル創設を提唱する「エンタメ・ノンフ」の横綱格である。宮田珠己はまだ「紀行」でくくられる作品が多いが、秀実さんの本になると、当てはまるジャンルがまったくない。

例えば、彼の単行本をジュンク堂池袋店で検索すると、「水泳」「ダイエット」「日本論・日本人論」「その他海外時事」など、ほとんど全部がちがう棚にあるが、これは全部、その本の「題材」にすぎない。佐藤多佳子『一瞬の風になれ』(講談社文庫)が「陸上」の棚に置いてあるようなもので、私はため息が出た。

彼の作品の特徴は、「どうしてそこまでやるのか?・」と不思議になるほどの過剰な取材力、シニカルで脱力した文体、そしていつも結論がない(!)ことである。結論より過程(=物語)がおもしろいのだ。

そしてそのオリジナリティは、小説で言うなら乙一や舞城王太郎レベル。オリジナリティが高いというのは小説家にとっては最上の評価だが、エンタメ・ノンフ作家にとっては最悪となる。書店の棚で分散化が進み、読書界でも評価されにくくなる。

実際、秀実さんは乙一・舞城級の本を多数書きながら、賞の一つももらったことがない。それどころか、文庫化もなかなか進まない。あの村上春樹が二度にわたって本の帯を書き、熱心に推薦しているのに、毎回、そこそこにしか売れてない。

もし、読書界に「エンタメ・ノンフ」という概念ができ、書店に専用の棚ができれば、秀実さんの本はすべてそこにきちんと収まり、どれもバンバン売れ出すだろう。そのくらい、誰が読んでもおもしろいのだ。

まだ秀実本の経験のない人には『素晴らしきラジオ体操』を推薦しておこう。ジュンク堂池袋店では「スポーツ理論」という、とんちんかんな棚にあるこの本は、ラジオ体操という、日本人にとってあまりに馴染みすぎていて、疑問にも思わなくなっている、いわば「日本の精霊」を徹底的に追究した本だ。

昭和日本人の「管理したい（されたい）」と「解放されたい」という相反する二つの欲求がラジオ体操の中で呑気《のんき》な止揚を遂げているのに驚く。

しかし、そのために都内二百六十六カ所のラジオ体操会場すべてに足を運び、一緒に体操しなくてもいいだろう。

「著者のこだわりのほうが不思議なものに見えるのもラジオ体操ゆえか」と言いたくなる奇書にして名著だ。

愉快、痛快のアジアお宝探索記

『魔境アジアお宝探索記』島津法樹（講談社＋α文庫、二〇〇七年）

約四年ぶりにタイのチェンマイに来ている。私はかつてここに二年ほど住み、その後も何度も訪れているのだが、あまりの変わりように驚いてしまった。見知っている建物がない。風景が一変している。まったく、昨今のアジアの激変ぶりには驚くばかりだ。

しかし、私が知っているアジアは所詮、九〇年代。では七〇年代や八〇年代はどうだったのか？ それを教えてくれるのが島津法樹の『魔境アジアお宝探索記』とその続編『秘境アジア骨董仕入れ旅』（講談社＋α文庫）の二冊。今それを読み返している。

会社員を辞め、フリーの骨董買付け屋となった著者が、東南アジアを中心にアジア各国の辺境で繰り広げる約三十年の物語だが、これがもう奇想天外にして波乱万丈のめくるめく痛快譚《つうかいたん》。

ミャンマーの密林をゾウに乗って少数民族の村に行ったり、フィリピンの僻地の村で立ちションをしているとき鶏の水入れになっている南宋時代の青磁の大鉢を発見、たった二百五十円で買ってしまったり……。

「うわっ、すげえ！　オレもこういうことがしたい！」と何度叫んだことか。

どうしてこんなおもしろい本が知られていないのか？　一つの理由は毎回私が言っているように、この本もエンタメ・ノンフであること。「どのジャンルで売ればいいかわからなかったんです」と講談社の販売の人も言っていた。

もう一つの理由はまるで「インディ・ジョーンズ」のような話であること。インディといえば、エジプト研究の吉村作治教授を連想する人も多いだろうが、あちらは学術という陽の当たる世界。しかし、映画を見ればわかるように、インディは敵に狙《ねら》われ、古代人の仕掛けた罠《わな》に襲われる。それは現地にあるお宝を無理に持ち帰ろうとするからだ。宝探しには必ずダークサイドがある。

実際、著者は密輸や盗掘の骨董も扱っているし、裏社会とも多少の関係もできる。しかし話はどれも不思議なくらい爽やかだ。体を張って生きている人独特のさっぱりした気性とアジア文化への底抜けの愛が品のよさを生み出している。

著者は人情家でもある。マッサージハウスに身売りする娘のために一肌脱いだり、子どもが交通事故で瀕死になっているチンピラ夫婦に手術代として仕入れ金を全額ポンと渡してしまったりする。

タイでは発掘にも直接たずさわり、「すごいものが見つかった！」と現地の人に言われ、大興奮して待っていたら、見たこともない巨大山芋が出てきたとか、明るい笑いも満載。

何より、無秩序と人情、危険と長閑《のどか》さが背中合わせになっていた当時のアジアが目の前にありありと浮かぶ。文章もうまいのだ。

私はここチェンマイでミャンマー籍の元ゲリラの友人知人たちと再会した。みんな、「タカノ、次はどこ行くんだ？」と訊く。私の辺境好きはゲリラ業界でも有名だ。でも今、魅力的な辺境があるんだろうか。何かお宝の話でもあれば、すぐにでも出かけるのだが……。

南極探検もびっくりの秘境駅巡り

『秘境駅へ行こう！』牛山隆信（小学館文庫、二〇〇一年）

探検部の学生だった頃、私は日本国内を移動するとき、よく「ステーションホテル」、つまり無人駅を利用していた。京大の先生にアフリカの話を訊きに行くときも、わざわざ京都から山陰本線に乗って、保津峡という無人駅に泊まったら、そこが実は心霊スポットで、真夜中そろそろと肝試しに来た地元の若者たちと寝ていた私たちの双方が「ギャー！」と悲鳴をあげたこともあった。

……なんて思い出したのは、牛山隆信『秘境駅へ行こう！』なる素敵なエンタメ・ノンフを読んだせいだ。

著者はもともとオフロードバイクでツーリングをしていたが、私のように無人駅を宿としている（彼は「駅寝」と呼ぶ）うちに、駅そのものの孤立した味わいを楽しむようになり、全国の秘境的な無人駅を巡り始めた。そこが、いわゆる鉄っちゃんや鉄子の本とちがうところだ。

でも、無人駅を「秘境駅」なんて少し大げさじゃないか？　そう思うかもしれない。私も思った。だが大げさじゃないのだ、これが。だって、ほんとに凄い駅ばっかりなんだから。誰も乗り降りする人がなく待合室がホームレスの家（？）となっている室蘭本線・小幌《こぼろ》駅、定期利用者が老夫婦たった二人のみという土讃線・坪尻駅、断崖絶壁の途中に位置しているため駅の利用が登山になってしまう飯田線・田本駅……。

しかし、いちばん度肝を抜かれるのは函館本線・張碓《はりうす》駅だろう。なにしろ、この駅は時刻表にちゃんと載っていながら、列車が停まらないのだ。周囲には人家どころか道もない。だがそこは「秘境駅探検家」を名乗る著者、諦めるわけがない。真冬に冬山装備で国道から駅に向かって挑むが、深い雪で方向を失い、体力は限界に達し遭難一歩手前、妻子の顔が頭をよぎって撤退する。「駅に近づくだけで『八甲田山』の気分が味わえるとは、すごい話だ」なんて呑気に書いている場合か。

だが著者はまだ懲りない。夏に行けばいいものを二カ月後に挑戦、今度はあと少しで駅という地点で、狭い溝のようになっている線路上を歩くしかなくなる。「今、列車が来ると死ぬ」と思うが、今度は妻子の顔も浮かばずヤケクソで突破、見事駅に到着した！

凄い。昔の南極探検みたいだ。ちなみにこの部分は失敗した第一回と成功した第二回の「踏破ルート図」が載っており、まさにアムンゼンとスコット状態。繰り返すがただ駅に行くためだけだ。どうかしている。

そこまでして行く秘境駅の魅力は何か？　景色がいい、風情がある、野生動物にも会える（熊とか蛇とか）などもあるが、著者が繰り返すのは「閉じられた世界を独占できる喜び」である。今やエベレストの頂上でも順番待ちという時代に、国内の鉄道駅で秘境の孤絶感と独占感を味わっている人がいたとは。

同じ八王子出身で年も一つちがい、バカさ加減もそっくり。もしかして私の分身では？　是非いつか語り合いたいものである。

文庫註：張碓駅は残念ながら二〇〇六年に廃止された。

究極のエンタメ・ノンフは純文学か

『KAMIKAZE神風』石丸元章（文春文庫、二〇〇四年）

『本の雑誌』二〇〇七年九月号でエンタメ・ノンフ特集が出て以来、反響は想像以上に凄い。私も毎週のように取材を受けるが、エンタメ・ノンフの決定的な欠陥についてはまだ話したことがない。ほんとうにシリアスな事件やテーマについては書くことが難しいというものだ。

その端的な例が「太平洋戦争」だろう。「過去の過ちを反省すべき」と「国家のために勇敢に戦った英霊を讃《たた》えて何が悪い」という二つの硬直した（思考停止した）論調に飽き飽きしている私は、かつて、「今こそエンタメ・ノンフの出番ではないのか」と思って激戦体験者に取材をしたことがあるが、失敗に終わった。悲劇と隣り合わせの喜劇満載で、話す老人も聞く私も大笑いなのだが、それが文章にできない。人がゴンゴン死ぬ話に笑いなんてとてもじゃないが入れられないのだ。

それだけに石丸元章『KAMIKAZE神風』にはぶっ飛んだ。だって太平洋戦争の中でも最もシリアスな神風特攻隊の話をお笑い満載のエンタメ・ノンフにしているんだから。

シリアスなものを笑うにはどうしたらいいか。著者のとった手法は「徹底的に裸の自分をさらけ出す」というものだった。

なにしろ特攻隊の生き残りである老人たちを訪問するのに、前の晩、キャバクラでシャンパンを空けてドンチャン騒ぎ。当日は仲良くなった十九歳のキャバ嬢同伴で、自ら「ドラ息子専用」という真っ赤なシボレーで取材へ直行だ。で、相手の年寄りの話がおかしいと「え、マジ？」と容赦なくゲラゲラ笑う。

凄い覚悟だ。だってそうだろう。他の書き手のように正座して「はあ、大変でしたね」と相槌《あいづち》をうつなら誰でもすっと行ってすっと書けるが（その代わり建前の話しか出てこないが）、こんなやり方を貫くにはよほど資料を読み込み、取材相手との信頼関係をきずき、文章を練らないと無理だからだ。

特異な取材方法は特異な結果を生む。「正座取材」を逃れた著者は、「特攻隊なんて最低以下の作戦」「特攻の話をドラマにしないでね。みんなヨタ話だから」「本当は死にたくなかったけど、公式の場ではそう言えないよ」などという彼らの本音をどんどん引き出す。

しかもその文体はファンキー。「歴史を次の世代に伝えていこうとすることはとても大切なことなんだからテメーら先人はちゃんと伝えろよ」とか言ってしまうのだ。

この石丸さんという人はなんて勤勉なんだろう。書いている文章が全部自分の言葉だ。借り物の言葉が一つもない。日本でいちばん勤勉なノンフィクション作家かもしれない。だからこそ、鹿児島県知覧町（現・南九州市）の特攻平和会館前の、死んだ特攻隊員の数だけある石灯籠の前で人目もはばからず著者がうずくまって泣き出す（しかもキャバ嬢に抱いて慰められる！）シーンにはハンパでない説得力がある。だって全部自分の言葉でしか書かない人だから。

そして思うのだ。究極のエンタメ・ノンフはなぜ、純文学に限りなく近づくのかと。

ビルマ商人が見た七十年前の日本

『ビルマ商人の日本訪問記』ウ・フラ／土橋泰子訳（連合出版、二〇〇七年）

この号（二〇〇八年一月号）が出るときにはもうすっかり遠い過去の話になっているだろうが、二〇〇七年九月末にミャンマーで僧侶たちのデモと軍による武力弾圧事件があった。「ありえない！」と思うことをさんざん連発してきたミャンマーの軍事政権だがまさか僧侶に容赦のない暴力をふるうとは想像できなかった。

いったいこれからミャンマーはどうなってしまうのだろう……。そう思っていた最中に手元に届いたのがウ・フラ著『ビルマ商人の日本訪問記』である。

一九三六（昭和十一）年、ビルマから日本にやってきた青年実業家が一ヵ月間の滞在中、日本人の仕事や生活をつぶさに観察して、英植民地下の故国の新聞へ熱い思いで送った記録だ。

戦前に書かれた欧米人による日本旅行記は往々にして、「嫌なことが多いが中には良いこともある」というテイストだが、この著者の場合、アジアで最も成功した国家から見習おうという意欲がまず先にあるので、それが逆転するのがおもしろい。

「日本人は勤勉でなんでも工夫する」「勉学に熱心」「家族と国家が一丸となっている」など、主によい点を見つけ、「われわれもこれを学ぼうではないか」と書くいっぽう、「アリガトーの連呼や下駄の音がうるさい」（中島義道先生が共感しそうだ）とか「向上心と職業意識が強いため、それを得られない老人や失敗者は自殺しやすい」とか「家父長制度は家族の団結とモラルと財産の維持に優れているが、女性の地位は低い」など、冷静な視線も持ち合わせている。

思わずため息が出るのは、「ビルマ人は内にこもっていないでもっと外国に出るべきだ」「ビルマ人は日本人のように自分でモノを作り売るべきだ」「中国人やインド人に商売を全部任せていてはダメだ」と繰り返し書いていること。これはすべて七十年後の今もそのまま当てはまってしまう。ちなみに「日本人は誰もビルマをよく知らない」という慨嘆も今と変わらない。

しかし真に驚くべきは「あとがき」だろう。著者は日本が発展した理由を「仏教を信奉し一条もたがわず仏法を遵守しているからだ」と結論づけるのだ！

その証拠として著者は、教育勅語がミンガラ経（吉祥経）にある「人の守るべき事項三十八ヶ条」と酷似していると指摘する。訳者の配慮で教育勅語とミンガラ経の三十八ケ条が全文併記されているから実際に比べるのも一驚、いや一興だろう。

国軍が仏教の僧侶を平然と殺すまで堕《お》ちたと知れば著者はさぞかし嘆くだろう。もっとも日本のモラルの荒廃は現在のミャンマー人留学生が「ひどい」と言うほどでこれまた著者は嘆くだろう。やはり両国とも「仏法＝教育勅語の遵守」が必要なのだろうか。

なお訳者の土橋泰子さんは昭和三十二年にビルマに留学した最初の日本人学生だ。当時日本政府に金がなかったためビルマ政府が奨学金を出してくれたという。次はそちらの話も読みたい。

文庫註：二〇〇九年、土橋泰子さんは『ビルマ万華鏡』（連合出版）を刊行。ビルマ留学の話もそこで書いている。

世間にはいかにマンセームー脳人間が多いか

『X51.ORG THE ODYSSEY』佐藤健寿（夏目書房、二〇〇七年）

先日、『本の雑誌』誌上で大槻ケンヂと「マンセー・ムー脳対談」なるものを行った。マンセームー脳とはオーケンさんが発明した言葉で、「ムー」とは学研のオカルト雑誌『ムー』のことである。ネッシーや雪男などのUMA、UFO、心霊現象、アトランティス大陸の謎みたいな超古代文明、世界滅亡を予言する数々の書などが毎月てんこ盛りで報じられるこの雑誌の主な読者は中学男子であるという。

私がこの雑誌に夢中になったのは高校に入ってからだからこの意見には異論があるが、それは私が目覚めに遅かっただけかもしれない。

ともかく、男子は人生の中で最も多感な――つまり最も恥ずかしい時期に脳のムー的な部分（これがムー脳である）が活性化するのは間違いないらしい。そして、三年か四年すると、ふと我に返り、ムー的なものに興味を失い、普通の大人へと脱皮していく。

ところが世の中には、オーケンさんのように四十歳を過ぎてもムー脳が活性化したままの人間がいる。それが「慢性ムー脳人間」であり「マンセー（万歳）無能人間」と読み替えられるというのがオーケンさんの説である。そして日本を代表するマンセームー脳人間として私が呼び出されたわけで、私としては不本意このうえない対談であった。

私は学生時代から現在に至るまで世界各地でさまざまな未確認動物を探しているが、それはシャレや酔狂ではなく、あくまで真剣に、科学的にやっている。脳が中学生で止まっている連中と一緒にするな！――と憤りを覚えながらも、対談の準備のために大宅文庫で『ムー』のバックナンバーを読んで驚いた。

メチャクチャおもしろいのだ。二時間で十冊くらい読もうかと思っていたのに、熟読するあまり一冊半しか読めなかった。

頭の悪い十代男子の読み物とバカにしたらいけない。『ムー』は恐ろしく知的で理屈っぽい。「図書新聞」と甲乙つけがたいくらいだ。

例えば「美作《みまさか》後南朝の秘密」という記事。

室町時代に朝廷が南北に分かれ、やがて足利幕府の策略で南朝は滅び北朝に統一されたことになっているのだが実はちがって、南朝の生き残りが江戸時代末まで美作（岡山県北部）の山奥で連綿と続いていたのだという。これが美作後南朝だ。

三種の神器は北朝に奪われたものの、美作後南朝はそれを超える「御神宝」を受け継いでいた。一時は北朝側に奪われたが、水戸黄門こと水戸光圀と楠木正成の子孫の尽力で後南朝に戻った。その神宝とはなんとモーゼの十戒が刻まれた石版とそれを納めた箱、つまり「失われたアーク」である。

しかし驚くにはあたらない。天皇家は、『竹内文書』や『九鬼文書』などが示すように古代ユダヤ王家と祖を一にするからだ。『竹内文書』の作者もとい承継者である竹内巨麿が所有していたというモーゼの十戒版は、美作後南朝を通じて竹内家に渡ったものである……。

このように常に論理的に筋が（一見）通っており、しかもおいしいところ取りで「幕の内弁当」の体をなしているのが『ムー』の魅力だ。

それだけではない。こんな凄い後南朝がなぜいまだに世間に知られていないかという説明もちゃんとされている。宮内庁の陰謀だというのだ。美作後南朝の研究者は戦前から現在に至るまで、みな変死を遂げており、匿名の被取材者は「宮内庁の弾圧はすごいんです」と語る。

いやあ、目が覚めるとはこのことだ。マスコミが恐れまくる宮内庁や皇室のあり方を平気で批判できる公共出版物としては、『ムー』は「赤旗」を超えているかもしれない。

『ムー』は言葉のセンスにも驚かされる。

南氷洋でなぜか日本の船の乗務員にだけ目撃される「謎のヒト型生物」がいて、〝ニンゲン〟というものすごい名前が付けられている。まあ、日本人にだけ目撃され、人間そっくりだというんだから例によって理屈は通っている。でも、「ニンゲンの正体はダイオウイカではないか」という小見出しを見ると、シュールさに頭がくらくらする。

それから、私は読んでいなくて聞いただけだが、「宇宙人は日本人だった！」というスクープ記事もあったらしい。きっと、「世界各地で目撃されるＵＦＯは、旧日本軍が極秘に開発したものを自衛隊の極秘部隊が引き継いでいた」とかいう物語になっているのだろうが、それにしても！　である。

私は詩も純文学小説もさっぱりわからないし、たまに読んでもおもしろくない。「何か決められたルールに縛られている」という印象を拭えないのだ。なのに、『ムー』の見出しには「詩」や「文学」というものをありありと感じてしまう。

見出し一つで世界が変わって見えるのだ。難しく言えば、「ムー的言説は文学の権力支配構造から逸脱している」となるだろうが、マンセームー脳人間でない一般人には理解できるかどうか不明だ。

しかし悲観することはない。世の中にはマンセームー脳ニンゲン、いやニンゲンはダイオウイカかもしれないので「人間」と書くべきだが、たくさんいるのだ。その一人が本書『Ｘ51．ＯＲＧ　ＴＨＥ　ＯＤＹＳＳＥＹ』の著者だ。

謎の地下王国シャンバラがあると噂《うわさ》されるチベット、ＵＦＯ目撃の聖地と言われる北米の町、ナスカの地上絵……と世界中のありとあらゆるムー的スポットを訪れた彼が、豊富な図版と現地の写真で美しく構成した労作である。まさにムー的な「幕の内弁当」だ。

単行本が壊滅的に売れない現在において、夏目書房というマイナーな版元から二千五百円という高価な値で発売されたこの本が発売一ヵ月で三刷を記録しているという事実からも、世間にはいかにマンセームー脳人間が多いかがわかる。

そして本書の写真をパラパラめくっているだけで、例えばアメリカ合衆国ですら、今まで自分がイメージしてきたものと全然ちがうものに見えて驚く。

まさにマンセー（万歳）！　ムー脳（無能）人間なのである。

織田信長は日本初のＵＭＡ探索者か？

『信長公記』太田牛一／中川太古訳（新人物往来社、二〇〇六年）

昨年、立て続けにＵＭＡ探索の本を出したため、私はすっかり「ＵＭＡの人」と思われている。ＵＭＡファンと会う機会が増えるばかりか、仕事までＵＭＡ関係の依頼が連発している。

こんなことではいかん。もっとマトモな路線に戻らねば……と思い、ちょうど仕事で（これもＵＭＡ関係だが）関西まで頻繁に往復するはめになっているので、新幹線の窓から名古屋や京都を眺めながら、前々から気になっていた太田牛一の『信長公記《しんちょうこうき》』（現代語訳）を通して読んでみた。

織田信長に近侍していた武士が書いた信長の伝記なので信頼度は高く、信長はもちろん、戦国時代の一級史料と言われている。これまで書かれた戦国時代の小説で、これを参考にしていないものはないだろう。

ちなみに〝七十五歳の大型新人〟こと加藤廣の『信長の棺《ひつぎ》』（文春文庫）は、「本能寺の変」の真相をめぐって「探偵・太田牛一」が「容疑者・豊臣秀吉」に迫るという小説である。

実際読んでみると、やっぱり原典はおもしろい。おもしろいのだが、あまりにも戦に明け暮れている。特に信長の若いときは、同じ織田一族内の血で血を洗う抗争がすさまじい。似たような名前の兄と弟、伯父（叔父）と甥、従兄弟同士が裏切、復讐、仲直りを繰り返す。まるでインドの叙事詩「マハーバーラタ」や「古事記」あるいは「ギリシア神話」を読むようだが、あまりにごちゃごちゃしているので、新幹線は心地よいし、だんだん意識が朦朧としてくる。

その中で突然、出てくる「蛇替《じゃが》え」という章に私はハッとした。尾張の「あまが池」という池に恐ろしい大蛇がいるという伝説があるのだが、ある日、安食《あじき》村福徳の郷の又左衛門という者がその池で謎の巨大生物を目撃したというのだ。

おお、いきなり目が覚めたぞ！

又左衛門によれば、それは「太さ一抱えほどもありそうな黒い物」で、すごく長い。「顔は鹿のようであった。眼は星のように光り輝く。舌を出したのを見ると真っ赤で、人間の手のひらを開いたようだった」

この噂はたちまち広まり、信長の耳にも届いた。信長は又左衛門を召し出し事情を直接聞きただすと、「明日、蛇替えをする」と触れを出した（「蛇替え」とは「蛇を捕らえるため池の水を掻《か》い出す作業」と注にあるが、そんな特殊な慣用句があったのだろうか。そんなことをよくやっていたのだろうか。不思議だ）。

ともかく、信長は当日、近隣の農民を集めて数百の桶《おけ》を使って池の水を掻い出させたが、いくらやっても七割以上には減らない。すると信長は「水中に入って大蛇を探そう」と言い出した。自ら脇差を口にくわえて、池の中に潜って探したのだ。だが大蛇は発見できず、潜水が得意な者にもう一度探させたが結局見つからなかった。信長はそのまま自分の城がある清洲へ帰った。

思わず「うーん」と唸ってしまった。まったく私とやっていることが同じだからだ。ある池でUMAが目撃されたという話を聞くとすぐに反応する。目撃者と会い、直接話を聞く。そして実際に探す。

池の水を全部掻い出させるとか、自分で刀をくわえて池に潜るというのは、きっと一般人からすれば「信長はやっぱり直情径行だ」と思われるのだろうが、UMA探索歴の長い私からすると、すごくまっとうな手段に思える。

私たちがコンゴのテレ湖で怪獣を探したとき、「もしここの湖の水を全部掻い出すことができたらなあ」という意見（というか慨嘆）が実際に出た。水が掻い出せなければ自分で潜って探すというのも当然だろう。まあ、もし私が信長ならその前に投網《とあみ》を打たせたいところで、そこに多少物足りなさは感じるが、それでも神仏や祈禱《きとう》に頼ることもなく、十分に科学的な態度だ。

思うのだが、信長は日本で最初にＵＭＡを探索した人物ではないだろうか。

「いや、そんなことはない。神話や言い伝えには大昔から物《もの》の怪《け》や化け物はたくさん出てくるし、それを探しに行った人間の話もたくさんあるじゃないか」という反論があるかもしれない。

たしかに、古くはヤマタノオロチを退治したスサノオ、大江山の鬼を退治した渡辺綱などがいるが、でも、それはあくまで「退治」しに行っているのである。要するにヤマタノオロチにしても大江山の鬼にしても、スサノオや渡辺綱を讃える英雄譚であり、伝説なのだ。

信長の場合はちがう。「退治」ではなくまず「探し」に行っている。もし「退治」が前提なら毒を流すことも可能だったろうがそんなことはしていない。しかも見つからなかった。全然英雄譚になっていない。この部分だけでは失敗談だ。だから、これは事実としてあった可能性が高い。

本書を読んで実感するのは信長の「本当のことを知りたい」という強い欲求である。例えば、京に上ってからの話だが、信長は「不思議な霊験」を示すと評判の僧を捕まえ、「オレの前でやってみろ」と迫り、できなかったので処刑した。本物の超能力かフェイクか、よほど知りたかったにちがいない。この手法も私と同じだ。ただ私はフェイクとわかった時点で自分のリストから消すだけだが、信長はこの世から消してしまう。

　また、浄土宗の僧と法華宗（日蓮宗）の僧が論争で対決するなんてことにも関わっている。しかも中立の審判をわざわざ他の宗派の寺から呼んで。結果は法華宗の完敗だったから「信長による法華宗への嫌がらせ」と見るむきもあるかもしれないが、信長最大の敵は浄土宗の一向一揆だったし、京で定宿としていた本能寺は法華宗の寺だったから、別に浄土宗に肩入れをしていたとは思えない。

　信長は相撲が好きだったらしく、本書にも何度も相撲観覧の記述がある。おそらく、信長は相撲を見るように、「浄土宗と法華宗はどっちが強いか」を単純に知りたかったのだろう。信長がもし現代にいたらK－1の大ファンになっていること間違いなしだ。

　ああ、信長。あまが池の探索も超能力者の真偽鑑定も夢の宗教対決も、みんな私がやってみたいことばかりじゃないか。

　そうなのだ。私はUMAファンでもなければオカルト好きでもない。ただ「ほんとうのこと」が知りたいだけなのだ。

　本書を読んで私は「同志」を戦国時代に発見したのであった。

いかがわしき奴らの「天国の島」

『金門島流離譚』船戸与一（新潮文庫、二〇〇七年）

この単行本を初めて書店で見つけたのは一昨年（二〇〇四年）のことだ。船戸与一は私の大先輩（早大探検部）にして私の敬愛する作家だ。そのとき、「すごくおもしろそうだ」とそそられたと同時に、「〃金門島〃という特殊な地域を知っている人がどのくらいいるか……」という思いにも駆られたことを憶えている。

なにしろ、昔から日本人は海外、特に非欧米圏には関心が薄いうえ、その傾向は年々強まるばかりだ。私も辺境をテーマにした本をメインに書いているからよくわかる。編集者や読者から「日本に関係のない政治や民族の話はなるべく避けてほしい」とよく言われるのだ。

政治や民族の話をしなくて済むのなら別にそれでいいが、地球上には政治や民族の問題は存在している。要は、そういう複雑怪奇な事実を直視したくないのだろう。みんな、自分の身の回りのことで手一杯なのだろう。生活や仕事で疲れているのだろう。

そういった現代の日本人を癒す観光スポットとして最近、台湾が名をあげているのは皮肉としか言いようがない。グルメだとかエステだとか「すごく親日的だ」とか、とにかく太平楽なイメージで親しまれているこの〝国〟は世界で最も複雑怪奇な政治と民族の問題をはらんでいる土地の一つだからだ。


台湾は、実はどこに帰属しているのか定かでない土地である。

だいたい、自称にしろ他称にしろ、「台湾」という国家などない。

台湾を自国の領土と主張しているのは中華人民共和国（いわゆる「中国」もしくは「大陸」）と中華民国だ。そして、中華人民共和国の主張している領土と中華民国の主張する領土は基本的に同じである。

中国は今でも台湾を「台湾省」と呼んでおり、毎日テレビの天気予報でも北京や広東省・広州、チベットのラサなどと並んで「台湾省・台北の天気」が出る。天気はともかく、台北の正確な気温を中国当局の誰がどうやって測っているのだろうと気になってしまう。

中国はそれでもまだいい。中華民国のほうはもっと大変だ。なにしろ、この国の首都は南京であり、台北は臨時首都にすぎない。今は共産党に不法に占領されているが、いずれは奪還し、大陸に戻る――というのが、誰も信じていないが、中華民国の公式見解なのだ。

こんな壮大な虚構があるものだから、台湾の島々に住む子どもたちは、地理の時間に広大な中国大陸について学び、歴史の時間にはこれまた長大な大陸の歴史を学ばされるはめになる。「台湾のことを勉強するヒマがない」と台湾の人たちは嘆いている。

中華民国政府が「台湾」という通称を公に認めるようになったのは、二〇〇〇年に民進党の陳水扁が総統になってから、つまりここ五、六年ほどのことである。

私は数年前まで在日台湾人のための月刊新聞「台湾報」で記事を書いていたが、以前はこの新聞の名称自体が〝反政府的〟と指弾され、社長が中華民国の在日大使館に当たる「台北駐日経済文化代表処」によく呼び出されていたものだ。

私は台湾の事情に疎かったため、記事に平気で「全国が総統選に熱狂」とか「〇〇市長の汚職に国民が怒りの声をあげ……」とか「これからの中台両国の関係は……」などと書いていた。そして、日本に住む台湾独立派の台湾人から「おたくの新聞は勇気がある」と褒められ、きょとんとしたりしていた。

私が書いた表現は、今でも台湾本土では決して許されない。

台湾は国家ではないのだから、「全国」じゃなくて「全土」もしくは「全島」、そこに住む人たちも「国民」じゃなくて「住民」だ。そして、中国と台湾の関係は「両国」

ではもちろんなくて、「両岸関係」と称される。これは「台湾海峡の両岸にある二つの政治体制の関係」という意味なのだ。中国側でも同様の表現をされる。

台湾を「国家」と主張するのは、急進的な台湾独立派の人々だけである。彼らは今でこそ日の目を見ているが、陳総統登場以前は反体制派（反国民党派）として弾圧を受けていた。だから、私の無知を勇気と誤解して感心したのだ。

こんな異常尽くしの「台湾」の中にあって、さらに異常なのが本書の表題作「金門島流離譚」の舞台となる金門島である。

なぜなら、金門島は台湾海峡の西岸にあるからだ。それは大陸（中国）、中華民国（台湾）双方の数少ない共通認識である「台湾海峡の西岸は大陸が実効支配しており東岸は民国が実効支配している」という部分にも反するのだ。

残念ながら私は金門島に行ったことはないのだが、大陸側の厦門《アモイ》には行ったことがある。やはり異常な場所だった。厦門の海岸からは肉眼でも金門島がはっきり――というより、すぐ近くに見える。かつて国民党軍と共産軍が熾烈《しれつ》な戦いを繰り広げた激戦地である。それが今や観光名所になってしまっているどころか、観光客で最も多いのが台湾人なのである。敵地の最前線に入って自分たちの前線を眺め、「わー、すごーい！」と感心したりしているのだ。

どうかしているぞと思いながら、私も金門島を眺めた。そして、「あのちっこい、変な島はどうなっているんだろう」とぼんやり思った。

私がぼんやり思ったことを、ずばずばと描破したのが本書の「金門島流離譚」である。

船戸与一はルポライター出身であり、小説家に転じてからも、徹底的に現地の状況を調べて書いている。インドネシアを舞台とした『降臨の群れ』（集英社）の帯で本人自ら述べているように、「ストーリーはフィクションだが、状況は現実のものである」が彼の信条だ。

「金門島〜」でもそれが遺憾なく発揮され、台湾の現実がこれでもかと詰め込まれている。

まず、中国と台湾との微妙な関係。両者は敵対しているのに、「金もうけ」の一点で通じ合い、曖昧模糊《あいまいもこ》とした存在である金門島で密輸を黙認している。それから外省人《がいしょうじん》と内省人《ないしょうじん》の対立。外省人とは国共内戦後、大陸から台湾に逃げてきた国民党系の人たち、そして内省人とはもともと台湾に暮らしていた人たちのことである。内省人の多くは福建系の閩南人《びんなんじん》で福建語に近い「台湾語」を話す。外省人と内省人は表の社会だけでなく、裏社会でも対立している。その抗争が金門島に飛び火する。

タイヤル族とベトナム人のワケありカップルの存在も興味深い。

内省人にもいろいろいて、八割以上を占めるのは閩南人だが、そのほかに客家《ハッカ》と、日本時代には「高砂族」と呼ばれた〝原住民（日本で言う〝先住民〟のこと）〟がいる。

客家は古代、黄河流域に住んでいた漢族の一グループで、戦乱に伴って南下してきた人々である。現在は、福建省、広東省、四川省に多い。独特の方言と習慣を持ち、他の漢族と一線を画している。彼らは後からやってきたグループなので、山間《やまあい》など、自然環境の厳しい土地に居住しており、台湾でも例外でない。いっぽう、原住民の代表格の一つがタイヤル族だ。

原住民は台湾の全人口のたった二パーセントしかおらず、世界の多くの原住民（先住民）同様、現在では最もワリを食っている人々だ。原住民の人たちはよく「台北の街は全部俺たちが作った」と冗談まじりで言うが、それは建設や道路の現場労働者にいかに原住民が多いかを表している。

彼らとは対照的に、外から来た人間で台湾社会から疎外されている人たちもいる。その代表格がベトナム人女性だ。ベトナムの貧しい農村から若い女の子を金で買い、無理な結婚をさせるという状況は台湾では社会問題になっている。

本作品で出てこない台湾の民族的要素は客家だけだと思っていたら、併録されている「瑞芳《ずいほう》霧雨情話」は客家の町が舞台だった。まったくよくできている。

金門島はいかがわしい存在だから、後ろ暗い過去のある人間やいかがわしい人間にとっては「天国の島」となる。

主人公である藤堂義春も過去を捨てて汚物に群がる蝿《はえ》のように金門島に吸い寄せられたロだ。その経緯の一つとして出てくる「白団《パイダン》」というのがひじょうにおもしろい。

第二次大戦後、日本軍は台湾から撤退するが、将校の中にはその後、ひそかに台湾に渡り、蔣介石率いる国民党軍のために軍事顧問団を形成した者がいる。これが通称「白団」だ。

彼らの指導下で、国民党軍は金門島に上陸してきた共産軍を撃破し、金門だけでなく台湾も守ることができた。いわば、台湾海峡の西にありながら台湾であるという金門の曖昧な立場を作ったのみならず、台湾が今のような台湾であること自体、日本人の功績もあるというのだ。こんな史実は、「表の歴史書」には出てこないから、私も知らなかった。

藤堂は、かつて白団の一員だった伯父の話を聞き、その伯父の部下だった陸徳九という金門島人を頼って、金門に定住し、やがて偽造品密輸のビジネスに手を染めるようになった。

藤堂のビジネスの相手も多種多様だ。藤堂とルーマニア人ヤクザの仲介により、ロシア・マフィアが、スマトラ沖の海賊から買い上げた〝盗難品〟の船で、大陸からの偽造品をカンボジア経由で大量に運んで行く。大陸の非合法組織がミャンマー（ビルマ）のマフィア＝ゲリラから仕入れてきたヘロインを藤堂に預けようとする。トルコ人のマフィア同士が藤堂の商品を奪い合う。まさに内向きの一般日本人をあざ笑うかのようなグローバルなつながりだ。

しかし最後に日本からやってきた男こそが最悪最低の輩《やから》であり、内向きな一般日本人ばかりか、綺麗事《きれいごと》のグローバリズムをも吹っ飛ばしてしまうのが船戸与一の真骨頂で、船戸作品独特の「負のカタルシス」に読者は酔わされる。

この作品を読めば、世界の政治や民族問題が自分たちには関係ないなどと、誰も言えなくなる。


最後に、「金門島～」と「瑞芳～」の両方で、直接ストーリーに影響は与えていないが、その通奏低音のように響く「二・二八事件」について一言。

これは簡単に言えば、一九四七年、国民党軍が台湾にやってきたすぐあと、その腐敗と無秩序に怒り蜂起した内省人を弾圧した事件で、特に日本統治時代にエリート教育を受けた層が投獄・虐殺された。その後数年の弾圧をも含めると、犠牲者総数は三万人にも達すると言われている。これが内省人に決定的な「反外省人」「反中国（大陸）」の意識を植え付けた。と同時に、「日本統治時代はよかった」という印象を強烈に増幅させた。

現在の「世界でいちばん親日的な台湾人」という能天気な観光コピーは、そんな血と屍《しかばね》の上に成り立っているのだ。

それだけではない。反中国はすなわち、台湾独立ということだ。私が取材したところでは、だいたい台湾人の七割は「中国の圧力さえなければ一つの国として独立したい」と思っている。急進的な人たちは「中国の圧力を跳ね返してでも独立したい」と思っている。

ただ、中国と戦うのは（軍事的にしろ政治的にしろ）並大抵なことではない。もし可能だとすれば、台湾は日本にしがみつくしかない。

そこで急進的な台湾独立派でかつて（戦前・戦後を問わず）日本で教育を受けた人たちは、「日本よ、中国の言いなりになるな」「日本の戦前の植民地支配はよかった」「日本は戦後に失った愛国精神（もしくは武士道精神）を取り戻すべきだ」と日本人に訴える。半分は本心、半分は戦略として。

実際に、李登輝を筆頭に実に多くの台湾人思想家・運動家が雑誌や新聞を通して、日本のナショナリズム復興を熱く応援している。そして、常に外国人の目を気にして生きている日本人としてはこれほど心強いことはないわけで、現在日本のナショナリズムを支えているのは急進的な台湾独立派と言ってもいいくらいだと私は思っている。

そこまで考えて本書を読むと、なおさらいろいろなことが見えてくるだろう。外に目を向けることは内に目を向けることなのだ。

探検部のカリスマは最上のペテン師だった

『流木』西木正明（徳間文庫、二〇〇六年）

突然だが、世間に名の知れたマスコミ・出版関係者の名前をいくつか挙げてみる。

本多勝一（元朝日新聞記者。ジャーナリスト）
関野吉晴（探検家、医師。「グレートジャーニー」で有名）
吉田敏浩（ジャーナリスト。ビルマのゲリラとの従軍記『森の回廊』で大宅壮一ノンフィクション賞を受賞）
高山文彦（ノンフィクション作家。『火花』で大宅壮一ノンフィクション賞を受賞）
長倉洋海（フォト・ジャーナリスト。アフガンなど紛争地の写真で有名。土門拳賞を受賞）
星野道夫（一九九六年急逝した写真家。アラスカに魅せられ美しい写真と文章を残

す）
恵谷治（国際ジャーナリスト。北朝鮮問題で最近よくテレビに出る）
船戸与一（作家。世界の紛争地を舞台にした小説を多数発表。『虹の谷の五月』で直木賞受賞）
西木正明（作家。本書『流木』の著者。「凍れる瞳」「端島の女」で直木賞受賞）

年も仕事も志向性もまったく異なる九名だが、彼らには一つだけはっきりした共通点がある。なんだか、おわかりだろうか。

「行動派」「硬派」「辺境をテーマにしている」「冒険的」……。

どれも近い。だが、もっと具体的な共通点というか共通体験がある。

彼らはみな、大学時代に探検部に所属していたのだ。最後の三人は早大探検部で、私の先輩に当たる。

「えー、この人、みんな、探検部出身?!」と驚かれるかもしれない。というのは、自分で「探検部出身だ」とわざわざ言ったり書いたりしない人が多いからだ。

気持ちはよくわかる。大学時代のサークルをいまだに引きずっているのはただでさえかっこうのいいものではない。しかも、山岳部やラグビー部ならともかく、「探検部」である。

探検部には「時代錯誤」「胡散臭《うさんくさ》い」というイメージがつきまとっている。それは理由のないものではない。というより、それが探検部の核心でもある。各界で一流となった人たちがそんな「百害あって一利なし」の経歴を誇示するわけがない。四十歳近くにもなってまだ探検部をネタに使って仕事をしているのは私くらいで、それは私がまだ一流になっていない何よりの証拠である。

そもそも探検部とは生まれたときから時代錯誤だった。

我が早大探検部は今から半世紀以上前の一九五九年に創立されたが（ちなみに、日本最初の大学探検部は本多氏を中心とする京大が五六年に設立したもので、二番目が早稲田と上智である）、その当時から「この時代に今さら探検でもないだろう」と批判されたという。

創立当初から胡散臭くもあった。

早大探検部の場合、創立時に参加したメンバーは、「自動車部」「アジア学会」「釣りの会」「海外移住連盟」「ラテンアメリカ協会」「山の会」「雄弁会」などまったく異なった分野のサークルの部員たちだった。先ほどの九名より、さらに共通点を見つけるのが難しい。

しかし、先ほどの九名と同様、この先輩たちにもひじょうに具体的な共通の目的があった。

みんな、海外へ行きたかったのである。

当時は学生が海外へ自由に出られる時代ではなかった。政府や大学に掛け合うにもどこにどう掛け合えばいいのかわからない。そこで探検部なるものを設立し、海外へ行くために政府や大学との交渉を一本化したのである。

他の大学探検部の事情はよく知らないが、おそらく似たり寄ったりではないだろうか。こんな寄り合い世帯だから、「探検」が何なのかも共通の認識ができなかった。それぞれ、「とにかく海外へ行っておもしろいことをやりたい」というだけのことなのだ。しかし、それでは世間に名目が立たない。そこで本多氏ら京大探検部は「学術探検」という概念を編み出した。ちょうど今西錦司のような、冒険家と呼んでもいい学者とその弟子たちがいたので、アカデミズムとくっつくという作戦は成功した。

早大はそういう方向をとらなかった。そういう環境になかったらしい。あるいは、先発の京大に対抗する気持ちもあったかもしれない。

では、早大はどうしたのかと言うと、マスコミとくっついた。新聞や雑誌のバックアップを得ることで名目を立て、資金を調達する。マスコミとしても、今のようにそこら中に特派員がいる時代ではないから、学生にも利用価値があったのだ。

その先鞭《せんべん》をつけたのが、本書の著者、西木正明だと言われている。

当時の学生は、今はもちろん、八〇年代の私たちの世代とも比較にならないエリート集団だ。しかも探検部員となれば、どんな手を使ってでも海外へ行きたいという、今よりモチベーションが何十倍も高い連中だ。エネルギッシュで個性的で才気あふれる面々がそろっていたことが容易に想像されるが、中でも西木さんは突出していたらしい。『早稲田大学探検部30年史』という本が一九九〇年、OB諸氏の手で作成されたが、その中の座談会で当時の部員たちがこう語っている。

A：俺達の前の代が、組織全体の流れみたいなものを作ったけど、それを融通無碍《ゆうずうむげ》なものにしていったのは西木みたいだね。
B：西木はブッチギリでダントツな訳よ。
A：あんなのと、まともに競い合ったら叶《かな》うわけないよな。図々しいし、顔は良いし、一々一生懸命にやっているしな。
司会：東京でも、そうだったんですか。
B：そうだよ。常に充実していて、且つ悩みは持っている（笑）。

西木さんは当時の仲間たちから最大級の賛辞を受けている。だが、後半に行くと、賛辞もやや屈折したものになっていく。

C：Xさん、Yさんは、あの（上の）世代から何か言われるとペコペコしているのよ。意向ばかり気にしているの。それが西木さんになって、ガラッと変っちゃった。

B：（略）西木ってのは、しっかり足跡を残しているな。最上のペテンだよね。一人だけやっているんだもの。とんでもない話だよ（笑）。あいつならしょうがないっていうのが自然にできちゃっているんだよ。最大のペテンだよ（笑）。

A：あいつは憎まれないのが得だな。

原文ではもちろん先輩たちの本名が出ている（「西木」さんもペンネームではなく本名である）。ちなみに、Cは西木さんの一つ後輩で、今の船戸与一だ。

何が「ペテン」なのか、この座談会では判然としない。どうもマスコミや企業からうまく遠征費用をかすめとっていったことを指すようだが、先輩たちの多少嫉妬めいた口調ではそれだけではなさそうだ。

ともかく、カリスマ的リーダー・西木正明率いる早大探検部は初めての海外遠征でアラスカへ赴いた。

南北アメリカ大陸の先住民はわれわれアジア人と同じく、モンゴロイドである。彼らはシベリアからアラスカまでベーリング海峡を凍結期に歩いて横断したと言われていたが、当時はまだベーリング海峡の状態がよくわかっていなかった。そこで、それを自ら実践しながら検証しようと企てたのだ。

どこかで聞いたことがある話だと思わないだろうか。

そう、関野吉晴の「グレートジャーニー」である。あれも、もともとは関野さんの「南米先住民の足取りをモンゴルまで逆にたどる」という計画がいつの間にか膨張して、「人類発祥の地アフリカまで行く」になってしまったものだ。

グレートジャーニーより三十年も前に、西木さんたちは同じことをやろうとしていた。しかもときは冷戦真っ只中。米ソ最前線を日本の学生が徒歩で横断しようというのだから、ムチャクチャな大計画だ。

西木さんたちはアメリカとソ連にそれぞれ手紙を出し許可を求めた。

驚いたことにアメリカはOKを出したが、ソ連からは返事が来なかった。しかたなく、西木さんたちは「ベーリング海峡第一次海峡横断隊」と称しながら、アラスカの村に一月から四月まで滞在した。

この三カ月の越冬期、彼らがどんな活動をしていたのか、なぜか記録が残っていない。だが、翌年、「第二次ベーリング海峡横断隊」で同じくアラスカで越冬した船戸与一の話でおぼろげながら察することができる。

「何するってよ、寒いから小屋にこもってエスキモーと一緒に酒飲むくらいしかすることねえよ。犬ぞりの使い方は覚えたけどな。それも酒を買いに行くのに必要だったからなんだが……」

まあ、現地の人と、うだうだしていたのだろう。船戸さんはこうも言っている。

「西木正明には騙《だま》された。『食糧も酒もみんな残してある』って聞いてたのに、現地に行ったら何にもねえ。あるのは、西木さんたちがエスキモーから借りた借金だけだった」

現地の村人に金を借りるなんて聞いたことがない。それだけでペテンだが、後輩を騙して返却させている。二重のペテンで、現地の人にはちゃんと借りを返し、信用を失っていない。後輩は「西木さんだからしょうがない」と諦めている。

なるほど。「西木正明は最上のペテン師」という意味がやっと少しわかってくる。どういう手段であれ、公にはしっかりと(?)後始末をつける人だということだ。

だが、「西木正明=最上のペテン師」説にはもっと大きな意味があると私は思う。話を冒頭に戻そう。

探検部出身でマスコミの世界で成功した人はこの九名だけではない。たまたま、一般に知られているとか賞を受賞した人がわかりやすいだろうと思って挙げただけで、他にもたくさんいる。

特に、早大探検部の部員は毎年、必ずと言っていいほど大手新聞社や通信社に入社している。カンボジア、アフガン、イラク……と紛争が起きるたびに、私がよく知っている先輩や後輩の名前が各紙の一面に載る。探検部あがり（崩れ?）がマスコミ・出版の世界で活躍しているのは、ひとえに行動力を買われているのだが、実はそれだけではない。

探検部あがりは文章も達者な人間が多いのだ。

なぜか。

それは探検部が「時代錯誤」で「胡散臭い」のと関係がある。「とにかく海外に行きたい」と思っていた（その後も思い続けていた）こととも関係がある。

探検部の部員はいつもどこかへ海外遠征に行くとき、計画書を書かねばいけない。それはラグビー部の合宿計画とはもちろん、山岳部の計画書ともちがう。

自分たちがアナクロで怪しい存在なだけに普通に書いたら通らないのだ。あの手この手を使って、大学やマスコミ、そして遠征先の政府を納得させなければいけない。「民族学的意味」だとか「世界初」だとか「国際平和」「友好」だとか、なんでも持ち出して説得しなければいけない。

だが生半可なはったりでは政府や学者やジャーナリズムを騙すことはできない。結果、やむを得ず、現地の状況（政治、経済、民族、自然など）を資料や取材で徹底的に調べるはめになる。

遠征に行く前はその作業があり、終わって帰国してからは後始末をつけねばならない。報告書を書くのである。これまた、「私たちはいかに意義あることをしたか」をアピールし、世話になったみなさんに納得してもらうことが眼目である。

こんなことをしていると、自然と文章がうまくなる。そしてそれはプロに直結する。なにしろ、小説であれルポであれ、目的は自分の思ったことを書くことではない。読者に「ああ、なるほど！」と思わせるのが目的なのだ。

そういう人間たちの先達にして突出した存在、それが学生時代の西木正明だった。「最上のペテン師」とは小説家に対する最大の賛辞でもある。

作家・西木正明の出発点をここに置くと言ったら言いすぎだろうか。

特別対談

よく燃えるのが実用探検本の条件だ！

角幡唯介　一九七六年北海道生まれ。早稲田大学政治経済学部卒業。同大学探検部OB。著書に『川の吐息、海のため息――ルポ黒部川ダム排砂』（桂書房）。『空白の五マイル――チベット、世界最大のツアンポー峡谷に挑む』（集英社）で開高健ノンフィクション賞、大宅壮一ノンフィクション賞を受賞。

高野　今日は探検部出身の俺たちの実用的探検本がテーマなんだけど。

角幡　いやあ……実際に探検するときに本って読まないですよね。

高野　読まないよなあ……って終わっちゃったよ（笑）。

角幡　事前には読みますけど。たとえば今度、北極に行くんですけど、極地探検家の人に「お前、そんな身体じゃダメだ」って言われて。

高野 脂肪をつけろってこと？

角幡 はい。その話を聞いた後に雑誌の『Tarzan』から取材を受け、そのときの特集が「太らない食べ方」みたいなやつで。

高野 その逆をやればいいんだ（笑）。

角幡 そうなんですよ。こうやったら太るってページがあったから、それを実践しようと思っています。

高野 いつ行くの？

角幡 二月下旬から半年くらいの予定です。

高野 その時期だと越冬じゃないよね。

角幡 はい。一八〇〇年代半ばに北極探検に向かって全滅しちゃったフランクリン隊の生き残りにテーマを当てて、彼らの行動を想像して追おうと思ってます。

高野 北極点にどれくらい近づくの？

角幡 近づくんじゃなくて、北極点から南に離れていく感じです。フランクリン隊は氷に閉じ込められちゃって、そこから船を捨てて脱出したんですが、どこへ行ったか正確にはわからない。おそらくカナダの本土に向かって南下している途中で死んだんだと思うんですけど。僕はそれを追っていくので最後は北極圏から出ちゃうんじゃないかと。

高野　もともと、どうしてそれを追おうと思ったの？

角幡　フランクリン隊のことはどこかで知っていたんですけど、詳しい本がないんですよね。アムンゼンの『ユア号航海記──北極西廻り航路を求めて』（中公文庫　BIBLIO）という本があって、北西航路を初めて通過した船の航海記ですけど、その中にところどころ出てきたりするくらいで。

高野　フランクリン隊そのものを書いたものはないんだ？

角幡　日本語ではほとんどないんですよ。英語ではいっぱいあるんですけど。

高野　英語だとあるんだよなあ、そういうの。

角幡　おそろしいほどですよね。アメリカの出版社って、一八〇〇年代とかの探検家の当時の記録……「ナラティブオブなんやらかんやら」とかを今もそのまま刊行している。それがAmazonで買えるんですよ。巻末に載ってる参考文献とか検索すると出てくる。ついい買っちゃうじゃないですか。だからいっぱい部屋にありますよ、読んでない英語の本が。

高野　でもさ、届けばいいよ。俺は今ソマリアに行こうと思って、いろいろ調べているんだけど、参考文献はやっぱり英語しかないんだよね。だからAmazonで注文するんだけど、全然届かない。

角幡　本が来ないんですか。

高野　そう。出版されているはずなのに「入荷次第送ります」とか、向こうの事情でキャンセルになったりするわけ。極東の日本にわざわざ送るの面倒くさいんだよ（笑）。

角幡　そういえば僕も一冊届かないのがあります。

高野　Amazon のデータで見ると面白そうなんだけど、自分が必要としている情報がどれくらい書かれているかわからないのも怖いよね。現場を見てないから想像がつかない。この間一万二千円くらいの本を頼んで、それはちゃんと届いたんだけど、俺が必要な部分は二行しかなくて（笑）。

角幡　ははは。

高野　一ヵ月待って、一万二千円払って、たった二行。しかもその二行はすでに知ってることなんだよ。もう激怒だよね。

角幡　たしかに想像がつかないのは怖いですよね。僕はタイトルが違うのに同じ本だったことがあります。高野さんは探検のネタを本から探したりしますか。

高野　探すというよりは日常的に読んでいる本から浮かんできたりするよね。たとえば俺が歩いた「西南シルクロード」だと、「西南シルクロード」っていうものがあるということは何かの本で読んで知る。

角幡　はい。

高野　だけどそれについてもうちょっと知りたいと思って、いろいろ資料を当たっていくと、実は中国の部分しか判明していなくて、ミャンマーやインドのほうはまだわからないと、わかってくるわけ。だから資料を読むっていうのは、何がわからないのか確認していくためって感じだよね。

角幡　全部本になっていたら行く必要がないですもんね。

高野　そう。本に書いていないことを探す。そのためには本を読むしかないんだけど（笑）。学者が論文読むのと一緒だよね。読まないと人が何を研究し、何が新しい分野なのかもわからないから。

角幡　そうですね。

高野　理想をいえば、本にも書かれてなくて地図もないところに行きたいよね。

角幡　ほんとにそうです。昔の人は地図がないところに行っていたわけですから。今、地図のないところなんて世の中にないですよね。

高野　ないよね。ただ地図があってもその情報がまったく不完全なところはたくさんあるじゃん。たとえば今日持ってきた航空地形地図、これは西南シルクロードを探検したときに使ったやつなんだけど。

角幡　現地じゃ、あまり役に立たないんですよね（笑）。

高野　うん。これの場合、地名がまるっきりデタラメだった（笑）。どうしてかっていうと、第二次世界大戦前にイギリスが作ったやつなんだよね。今は跡形もない村が載っていたりして、地形以外はほとんど合ってないの。だから地名を現地の人に訊きながら地形を読んで、たぶんこの辺だって地図に書き込んでいったんだ。

角幡　そのときはGPS（全地球測位システム）を持っていったんですか。

高野　いや、持ってない。あとね『幻獣ムベンベを追え』で行ったコンゴの地図なんて笑っちゃうの。フランスで買った、フランスの政府が作っている地図なんだけど、あまりにも情報が少なすぎて、川や湿地帯がたくさんあるってことしかわからない（笑）。ようするに植民地にしていた国が作っているんだよね。

角幡　僕は中国に行くとき、ロシア製の十万分の一の地図を持っていきました。だけど測量したのが戦前なので、等高線とか山の高さが正確じゃない。でも中国は地図を公表していないからそれしかないんですよ。

高野　どこで手に入るの？

角幡　岐阜の図書館です。中国の山を登っている人たちは、みんな利用していると思います。

高野　『空白の五マイル』で、ヤル・ツアンポーに行ったときも、それを持っていったの？

角幡　あのときは、近くにナムチャバルワっていうでっかい山があって、その登山地図が商業販売されていたんです。神保町の東方書店で、学生のときに買い占めていました

（笑）。

高野　ははは。一回使うとボロボロになるからね。

角幡　中国製だから紙もよくないんですよね。折り目もシワシワになっちゃって。

高野　ところで、そもそもどういう本を読んで探検をしたいと思ったの？

角幡　そういう本はないんですよ。

高野　えっ？　ないのかよ。だってわざわざ探検部に入ったんでしょう？

角幡　同世代で登山をやっている連中は植村直己の本に影響受けた人とか多いみたいですけど、僕は読んでなかったたし。勧誘のビラを見て「なんか面白そうだなあ」って入部しただけで、山をやろうとも考えてなかったし、探検とか冒険にも全然興味なかったんですけど。

高野　そんなのであんな部に入るのかよ（笑）。

角幡　高野さんは違うんですか。

高野　俺はもう少し探検に想いがあったよ。

角幡　じゃあ原点の本ってあるんですか。

高野　それはもう子どもの頃に読んだ探検・冒険本、アーサー・ランサムの『ツバメ号とアマゾン号』とかヒュー・ロフティングの〈ドリトル先生〉シリーズ（ともに岩波少年文庫）とか、ああいうのをいつかやりたかったし、高校時代には川口浩探検隊と『ムー』の影響があったでしょう（笑）。

角幡　『ムー』の影響（笑）。

高野　宝を探すとかね。あと人類学に興味があって、レヴィ＝ストロースとか。

角幡　そんなの高校生のときに読んでいたんですか⁉

高野　『野生の思考』（みすず書房）を川口浩と『ムー』の合間に読んでいたよ。

角幡　えー！

高野　いや、同じなんだって。文明生活から隔絶されている民族のところに行くと、現地の人たちは文明人にはまったくわからない生活様式や哲学を持っているんだけれど、それをいろいろ調べていくと実は世界をこういう風に分けていたんだってのがわかるんだよね。

角幡　はい。

高野　たとえば植物だと西洋ではリンネの分類学に従って形態的に似ているものを何科とか何属って分けていくでしょう。それがアマゾンの原住民のところに行くと、まったく似ても似つかないものを一緒のグループにしている。西洋の考えでいくと理解不能でおかしいんじゃないかって考えちゃうんだけれど、でも調べていったらそのグループの植物は毒を含んでいたってところで一緒だったりする。

角幡　へえ。

高野　そういうのが謎の怪獣が見つかったとかトロイの遺跡が発見されたとかと同じように面白かったんだよね。行かないとわからないじゃん。行って、確かめて、わかる、というのが好きで、探検部に入ったんだよね。

角幡　まさか高野さんとの対談で、レヴィ＝ストロースが出てくるとは思わなかったですよ（笑）。

高野　俺のことバカにしていたんだろう（笑）。でも、さすがに探検部に入ってから探検本を読んだりしたでしょう？

角幡　僕が探検部に入って一番強烈な印象を受けたのは、『世界最悪の旅』（アプスレイ・チェリー＝ガラード／朝日文庫）ですね。

高野　スコット隊の？

角幡　そうです。スコットの悲惨な最期を読んでいつか極地に行きたいなって思っていたんですよね。それが今回行く理由の一つかも。

高野　『世界最悪の旅』が原点なんだね。そういえば『ザ・ロード』（コーマック・マッカーシー／ハヤカワ epi 文庫）も好きだって言っていたよね。

角幡　あれは小説ですけど、ああいう世界が好きですね。剝《む》き出《だ》しの生みたいな。

高野　極限状態で浮き上がってくるものがあるよね。

角幡　ただ生きるためだけに行動する。『世界最悪の旅』も泣きましたよ。感動的じゃないですか。みんな最後に手紙を書いて……。ハラハラと泣きました。

高野 他にある?

角幡 河口慧海の『チベット旅行記 抄』(中公文庫 BIBLIO)ですかね。探検部に入って、ヤル・ツアンポーを目指そうと思った頃に読みました。

高野 やっと探検部らしくなってきた(笑)。

角幡 法衣のまま雪の峠を越えたり、お経を唱えて吹雪を耐えたりといった記述がありえない衝撃でした。しかも完全無許可でのチベット潜入。最後、日本人であることがばれて脱出するくだりも最高です。根性があれば何でもできるんだということをこの本で知りました。

高野 それを知ると、あとは怖いものがないよね。

角幡 あと印象的なのは『信じられない航海』(トリスタン・ジョーンズ/舵社)ですね。高低差一万四千フィートを船で旅するんです。その本を読んで海に行きたいなあと思ったんですよね。

高野 それでヨットでニューギニアに行ったんだ。

角幡 でも一回やったらもういいやと思いました(笑)。ところで、高野さんは言葉はどうしてます? 探検するとき辞書を持っていきますか。

高野 なるべく持っていく。俺は文系だから言葉、重要なんだよ。まあでも一番重宝しているのは『旅の指さし会話帳』なんだけど（笑）。

角幡　あれ、使えるんですか。

高野　使えるんだよ。お気に入りで家に十五、六言語の『指さし会話帳』がある。それで実際に指さし会話することはほとんどないけど、例文も載ってるし、巻末に基礎単語が二千とか載ってるわけ。普通の会話なら、それだけでもう十分じゃん。日本語から引くのと現地語から引くのと両方あれば辞書はいらない。『指さし会話帳』は最高ですよ（笑）。探検に必携だね。

角幡　いろんな言語が出てるんですか。

高野　うん。イラクのアラビア語とか、アフガニスタンのダリー語とかもある。でも、まだソマリアのソマリ語とブータンのゾンカ語は出てないんだ。出てないものがあると、自分で書きたいって考えちゃう（笑）。言葉、どうしてるの？

角幡　苦手なんですけどね、僕が行ったのは中国とインドネシアで、インドネシア語は簡単なんですよ。ようするにマレー語ですね。日常会話ぐらいならすぐに喋れるようになる。

高野　俺も一週間ぐらいで覚えた。インドネシア語は最高だった。

角幡　簡単ですよね。向こうで辞書を買いました。英語とインドネシア語の辞書、チベット語も買ったかな。チベット語はちょっと勉強して、辞書を持っていきましたよ。

高野　『指さし会話帳』で思い出したけど、俺、『地球の歩き方』もいつも持っていくよ。

角幡　僕も持っていきますよ。

高野　そうだよね。だって街のこととかわからないもん。両替のレートとかバスの乗り方とか。

角幡　目的がそこにあるわけじゃないから。沢木耕太郎は持っていかないとか言っているけど（笑）。

高野　家に『地球の歩き方』がたくさんあるよ。情報も変わるから時々買い直さないといけないだろう。角幡が言うとおり目的が違うところにあるから、街のことなんか行く間際まで頭にない。向こうの空港に着陸体勢に入る頃、そういえばホテルどこにあるんだろう?とかって『地球の歩き方』を読み始めてね、けっこうホテル高いなあとかタクシーの相場調べたり活用してる。

角幡　探検には必須ですよね。僕も行く前は街のことなんて調べないです。その先の最後の目的地しか頭になくて、そこまでどうやって行くかすら考えてないときがあります。

高野　そこは『地球の歩き方』におまかせだから（笑）。だってそんなの調べたくないもんな。

角幡　関心の範疇外というか。

高野　本はどうしてるの？　俺は文庫本をせいぜい四、五冊くらい。でも読むのは現地に行ってるときじゃなくて、街とかにいて暇なときだけ。
角幡　どんな種類の本を持っていくんですか。
高野　俺の場合はもう探検や現地と全然関係のない本を持っていく。
角幡　逃避したいってことですか。
高野　いや、純粋に面白い。最近は嵐山光三郎の『文人悪食』（新潮文庫）とか関川夏央の『現代短歌そのこころみ』（集英社文庫）とかを熟読した。外国にいると日本のそういう本が面白く感じるんだよね。短歌とか俳句とかもしみじみとしていいんだ。
角幡　僕は家にある本を適当に持っていきますね。冊数は五、六冊かな。
高野　現地のものは持っていく？
角幡　持っていきます。ただ重くなっちゃうからヤル・ツアンポーに行ったときは、キングドン・ウォードの本を必要な部分だけコピーしていきました。でも全然役に立たなかった。彼らも迷ってるから（笑）。
高野　お互い迷ってる（笑）。
角幡　そうそう。苦労したっていうことしか書いてないんですよ。僕はどこに道があるのかヒントが欲しいのに道が見つからねえみたいな（笑）。結局、途中で全部燃やしちゃった。

高野　燃やすんだ（笑）。

角幡　焚きつけに（笑）。過ぎ去ったところは必要ないじゃないですか。そこまでの記述のやつはどんどん焚きつけにする。

高野　それは超実用書だね。カッコいいじゃん。俺も今度から意味なく燃やそう。薪にして無理に飯作ったりして（笑）。

角幡　ははは。

高野　でも本当にその探検の世界に入ってると本なんか読めないよね。他のものは入ってこない。

角幡　読めないですね。

高野　本を読むという行為は、本の世界に入り込まないといけないわけで、辺境のとんでもないところにどっぷり浸かっちゃうと、本の世界になんて行けないんだよ。

角幡　『アヘン王国潜入記』みたいに村に滞在しているときはどうでした？

高野　時間はたっぷりあったけど読めなかった。

角幡　アヘンでラリっちゃってるから？（笑）

高野　そうじゃなくて、全然その世界に入れないんだよね、遠すぎちゃって。まあ電気がないからランプや薪が灯りで、もったいないっていうのもあるけど。

角幡　暗いんじゃ本は読めない。

高野　そう。光がないから夜は本を読めない。探検に読書は不向きっていう最大の理由かもね。ヤル・ツアンポーに行っていたときはどうしたの？　焚きつけになったキングドン・ウォードのコピー以外は。

角幡　一応一冊持っていったんですけど、洞穴で天候待ちしているとき以外は読まなかったですね。最後は燃やしました、それも。

高野　すぐ燃やすんだな（笑）。

角幡　まあ、高野さんと同じように暗いっていう事情もありますけど、焚き火して、飯食って、寒いからシュラフに入ると、寝ちゃうんですよ。本を読んだ記憶があるのは、雪男探しに行ったときですね。あまりにも暇で、カトマンズの古本屋で大藪春彦の小説を買って、その一冊を何度も読み返しました。雪男が出てくるの待っているだけで、本当にやることないから。何もしないって苦痛なんですよ。もう二度とやりたくない。

高野　そういえば、キングドン・ウォードの昔の本はガイド代わりにならなかった、と言ってたけど、俺、ウィリアム・バロウズとアレン・ギンズバーグの『麻薬書簡』（思潮社）をガイドにして南米の幻覚剤を探しに行ったんだよ。

角幡　使えました？

高野　それしか情報がないからそれに沿うしかないわけ。俺が行ったのは一九九〇年で、バロウズの時代から四十年ぐらい経っているのにそのまんまだった（笑）。村とか街がそのままあるの。笑ったのは、バロウズが「村人はここに石油が埋まってると信じている。アメリカの石油会社が来て探したけど見つからなかった。アメリカ人っていうのはバカでどうしようもないと言う」と書いてる村で酒を飲んでたら、インディオのオヤジが飲み屋に来て、まったく同じことを言っているわけ。「ここには石油があるぞ」って。

角幡　どこなんですか、それ?

高野　コロンビア。

角幡　僕、この間、ガルシア＝マルケスの『誘拐』(角川春樹事務所)を読んだんですよ。それで、コロンビアは絶対行かないと思って。

高野　そういう怖さは感じるんだ?

角幡　治安が悪いところには行きたくないです。

高野　本当かよ?(笑)

角幡　全然違うんですよ、僕の中では。山とかそういう自然相手だと基本的に生き延びるために、自分がコントロールするわけじゃないですか。主導権を自分が握ってるんですよ。

高野　大丈夫！　角幡を拉致したり、誘拐しても得しないから(笑)。それに危険も理詰めで考えれば回避できるから。そういえば、俺ね、愛読している本があった。

角幡　なんですか。

高野　昭文社の『なるほど知図帳』っていう毎年出る地図なんだよね。
角幡　地図帳？
高野　地図とうんちくがいろいろ載ってるんだけど、そのうんちく部分はまったくいらなくって、ただただ地図を見てる。そうするとすごく元気が出てくる。
角幡　それはわかります。地図って興奮するんですよ、やっぱり。たとえば北極に行こうと思って地図を見てると、「ここ行けるのかな」とか「ここは無理だよな」みたいに妄想をかき立てられますよね。
高野　そうそう。地図帳がいちばんいいね。ペラペラとめくれるじゃん。いつもペラペラやって、気になる場所を開いて、想像するんだよ。ドバイからスタートして、イランを越えて、その上のウズベキスタンを抜けて、なんて考えているとたまらなくなる。
角幡　僕、世界地図、持ってないんですよ。最近ちょっとお金に余裕が出てきたから買おうかな。
高野　金に余裕がなくても、世界地図くらい買えよ（笑）。『なるほど知図帳』いいぞ。たぶんよく燃えるよ（笑）。

（この対談は、文庫化にあたり新たに収録いたしました）

文庫あとがき

本書の文庫化にあたってゲラを読み直してみると、ひたすら感慨深い。

いや、単行本が文庫化されるときは、すでに親本が出てから三年以上経《た》っているから、毎回感慨深いのだが、今回はそのレベルがちがう。本書が私の辺境作家人生の、ひじょうに大きなターニングポイントになっていると思うからだ。

まず、エッセイは主にミャンマーの少数民族地帯についてである。私は二十代後半から四十歳くらいまでは、その辺りにいちばん興味を持ち、旅をしたり、ある程度の期間住み込んだりした。その象徴は「ゾウ」である。親本のタイトルが『辺境の旅はゾウにかぎる』だったのもそれ故のことだ。

ところがこの本の出版と前後して、私の関心はググッと西に向かい、ここ四、五年はもっぱらイスラム圏の乾燥地帯に通っている。今もちょうどソマリアとソマリランドへの二カ月近い長旅から戻ったところだ。こちらの象徴は「ラクダ」。まさにゾウの対極に存在する動物だ。

だから今、本書を読むと、なおさら水と生命がぎっしり詰まった密林がなつかしい。

もう一つの感慨は、なんといっても「エンタメ・ノンフ」だろう。

本書に記したように、エンターテインメント的なノンフィクションというジャンルを作るべきだと思い、それを「エンタメ・ノンフ」と略した。一部のマスコミ、書店、書評家の方々からは賛同いただき、ほんの少し広まりかけたが、読書界全般には「何の略なのかわからん」とか「最後が〝フ〟で終わるのが気持ち悪い」などと不評だった。

私自身、「ノンフ」と書いたり言ったりする度に、ギリシア神話に出てくる美しくも妖しい精霊「ニンフ」を連想してしまい、次にはその音から「妊婦」を必ず思い出し、「エンタメはエンタメでも、全然ちがうよなあ」という違和感を禁じ得なかった。

「エンタメ・ノンフ」と略したのは、書いた媒体が『本の雑誌』の書評ページであり、文字数がひじょうに限られていたためだ。文字数の余裕があったら「エンタメ・ノンフィクション」でよかったと思っている。

それはさておき、本書では「エンタメ・ノンフ」を代表する作家として、宮田珠己、内澤旬子、高橋秀実という作家とその作品を大プッシュしている。

今となっては「なつかしい」という他ない。残念ながら高橋秀実氏とは未だに面識もないままだが、宮田さんと内澤さんは「あのさ、ちょっと訊《き》きたいんだけどさ、あの編集者っておかしくない？」とか「ねえ、久しぶりにあの店に飲みに行かない？」などと気軽に電話やメールをし、飲食を共にする「仲間」である。

本書に収録した私の書評を見て、宮田さんは自分の文庫解説を私に依頼し、内澤さんは雑誌の対談相手に私を指名し……という成り行きで、知り合った。

私たち三人は、「旅」と「本」が好きであり、エンタメ・ノンフィクションを書いているという共通項の他に、「小説も書きたいのだけど、ノンフィクションを長年書いてきたプロだけに、その技術や思考パターンが逆に邪魔して、さっぱり書けないでいる」という、他にはあまり例を見ない切実な悩みを共有していることで急激に意気投合した。

私たちは本書の親本の編集者である杉江由次氏をマネージャーに抜擢《ばってき》（？）、「エンタメ・ノンフ文芸部」を結成した。高校や大学の文芸部や社会人の同人誌と同じように、みんなで原稿を持ち寄って、忌憚《きたん》なく評論しあい、プロの小説家としてデビューを目指そうとしたのだ。ちなみに、部長は宮田さん、副部長は内澤さんである。

これまで何度か自分の書いたものを持ち寄り、合評を行っている。一度は内澤さん宅に泊まり込む「合宿」までやった。

だが、結果はというと、雑誌連載を複数経験し作家化しつつある杉江さんを含め、全員がプロの書き手であると同時に書評をよく書いている本読みでもある。他人の原稿に対する指摘があまりに的確で容赦がないものだから、数回でみんなゲンナリしてしまい、以後は文芸部の二次的な活動である「親睦を深める」方向へシフトしつつある。

もっとも、文芸部の部活で俎上《そじょう》にあげられた（ボロクソにけなされた）原稿はかなりの確率で日の目を見ている。宮田部長の幻想小説は改稿されて幻冬舎のウェブで、私の少年小説も集英社の雑誌でそれぞれ連載がはじまった。

文芸部の効果は絶大なのである。内澤さんだけはまだ小説家としてデビューしていないが、本業のほうでは、先日「講談社エッセイ賞」を受賞した。

そして、この文芸部を裏で支えるというか仕切っているのが杉江さんだ。彼は、いまや私たち三人の本業、副業、生活面（？）まで含めたスーパーサポーターと化し、特に私にとってはなくてはならない相談相手であり担当編集者だ。

こういったことの何もかもが、本書から始まっているのである。

最後に、文庫化にあたっての変更箇所について。

内容に関しては、親本の冒頭にあったエッセイがやや古く感じられたのでカットし、代わりに早大探検部の後輩で最近、超新星のごとく現れた作家・探検家の角幡唯介との対談を入れた。

タイトルも思い切って変えた。杉江さんが考えてくれた『辺境の旅はゾウにかぎる』

も素敵だったのだが、いかんせん長すぎた。うまい省略のしかたもなく、毎回「今度、『辺境の旅はゾウにかぎる』って本を出したんですが……」などと話さねばならず、読者の方からも「題名がおぼえにくい」と言われた。

なので、原題のニュアンスを損なわないように短縮する言葉を探し、『辺境中毒！』と改めた。

これなら苦情も出ないだろうし、読者のみなさんには心おきなく人にお勧めしていただきたいと思います。

二〇一一年九月十二日　東京杉並区のドトールコーヒー店にて

高野秀行

解説

杉江由次

高野秀行は、傘をささない。

この文庫解説の依頼を受けて、一番最初に思い浮かんだのがこの文章である。こんな文章から始めていいのかどうかわからないが、思いついてしまったものは仕方ない、始めてみようと思う。

私は高野秀行の担当編集者兼営業マンであり、さすがに世界の探検・冒険の同行は無理だとしても、打ち合わせや取材、単に暇つぶしなどで行動をともにすることが多い。

その際、何に一番驚いたかというと探検家なのにしょっちゅう道に迷うことや、携帯電話の使い方もろくに知らないことではなく、高野秀行はどんなに雨が降っていようと傘をさそうとしないということだ。

初めは四ッ谷にある上智大学での授業後のことだった。当時高野秀行は大学生数十人を相手に辺境での破天荒な生き方について講義していた。ある日、校舎の外に出ると雨がぽつりぽつりと降り始めていた。その日は朝からどんよりとした曇り空で、天気予報では雨が降ると注意していたのだった。私はカバンから折りたたみ傘を取り出し、雨降る空の下にパッと広げたが、高野秀行は雨など意に介さぬ様子で、そのまま歩き出してしまった。

駅までは確かにそう遠くない距離ではあった。しかし私たちが向かっていたのは駅を越えた先にあるファミリーレストランだった。私は高野の後を追いかけ、その頭上に傘をさし出した。担当編集者として当然のことをしたはずだったのだが、振り返った高野秀行は、きっぱり「いいから」と断ってきたのである。その断り方があまり毅然とした態度だったため、私は何か悪いことをしてしまったような気分に陥ったほどだ。

この世の中に傘が嫌いな人というのがいるのだろうか。いや大人になってもUMA（未知不思議動物）を真剣に探す人が存在するくらいだから、もしかしたら傘が嫌いな人もいるかもしれない。あるいは探検家というものは傘をささないのだろうか。相合い傘に悲しい思い出があるのかもしれない。

じわじわ雨が染み出したアスファルトの歩道に立ち止まって考えていると、高野秀行は濡れることをまったく意識せず、歩いていってしまった。そしてファミリーレストランに着くとリュックからタオルを取り出し頭を拭い、何もなかったかのように生ビールを注文した。

それ以来、何度も高野秀行とともにいて、雨が降ったことがあるのだが、一度たりとも傘をさしている姿を見たことがない。最初から雨が降っている日でもパーカーのフードか帽子をかぶるくらいで待ち合わせ場所に現れる。三畳間時代ならいざしらず、いまや500円程度の傘が買えないこともなかろう。

いったいなぜ高野秀行は傘をささないのか。

ずっと気になっていたのだが、あるとき答えがわかったのである。傘が嫌いなのではなく、水に濡れるのが好きなのだ。高野秀行の趣味は水泳で、『ワセダ三畳青春記』で河童団を結成し、杉並区の水泳大会に参加するまでの熱の入れようだったが、いまだにその趣味は続いている。週に何度も区民プールに出かけてはきちんとした指導を受け、立派な大会に参加し、タイムを競い合っているそうだ。その水泳のおかげで、長年悩まされていた腰痛も治ったようだが、その模様は『腰痛探検家』に詳しい。

〝水泳好き→水が好き→雨が好き→傘をささない〟は、考えられる理由であるが、ならばなぜそこまで水が好きなのか？　そうして私はもうひとつの仮説を思いついたのであった。

高野秀行はカッパなのではないか？

そうなのである。高野秀行の顔はどことなく川沿いに立てられている「泳ぐと危険！」の看板に描《か》かれているカッパに似ているし、ニタニタと笑うその笑顔もカッパっぽいし、詳しく見たことはないけれど手と足に水かきがついていたような気がしないでもない。そうなるとUMAを真剣に探している理由もよくわかる。おそらく世の中にほとんど生存していない同類を求めての行動なのだろう。

高野秀行自身が、UMAだったとは！

もしかしたら英国人かもしれないが……。

さてそんな風にして高野秀行と行動をともにしていると、高野ファンと称する人たちとたくさん出会うことになる。トークイベントやサイン会はいつも満員で、私はそこに居並ぶ高野ファンに出会う度、必ず訊《き》いている質問がある。それは「高野秀行の著作でどれが一番好きですか?」だ。

ある二十代前半と思われる女性は「それはもう『アジア新聞屋台村』です。最後のシーンでぐっときました」と答えた。てっきり青春小説ならば『ワセダ三畳青春記』かと思っていたのだが、その続編が人気があろうとは……。驚きながらその隣に立つモデル風の女性に訊《たず》ねると「私は『西南シルクロードは密林に消える』です」とこれまた意外な答えが返って来たのである。確かに『西南シルクロード～』は高野作品のなかでも一、二を争う探検ものであるが、まさかこんなスラッと背の高い女性がハードなルポを好むとは。「高野さんは等身大のヒーローなんですよ」とのことであった。それから少し遠くにいた小柄で笑顔の素敵な女性に話を聞くと「『異国トーキョー漂流記』です」と、またもや意外な作品が挙がったのである。

三人中三人とも違う作品を挙げる。たいていの作家は代表作が一作あって、それを頂点に他の作品が並んだりするのであるが、高野秀行の場合、どの作品も満遍なく人気があり、そして代表作なのであった。いったいどんな作家なのだと頭を悩ましていると、高野秀行はあのカッパのような切れ長の目で私をにらんでいるのであった。どうも私が高野ファンをナンパしているように見えたらしい。担当編集者兼営業マンとして市場調査していたのだが……。

それにしても、この多彩さこそ高野秀行の特徴である。

探検本はもとより、紀行文、エッセイ、青春小説、どのジャンルにおいても水準以上というか傑作ばかりであり、しかもジャンルを超えて高野印の作品に仕上げているのだ。ではその高野印とは何だろうか？　それは著作のタイトルにもなっている「間違う力」を全開にして、誰もが想像のつかなかったこと、あるいはあきらめていることを真面目に実践することがひとつなのであるが、ここではその書き方に言及しておきたい。

高野秀行がことあるごとに口にしたり、書いたりしているモットーがある。それは「誰も行かないところへ行き、誰もやらないことをやり、誰も知らないものを探す。そして、それをおもしろおかしく書く」だ。「誰も行かないところへ行き」の部分は、すでに述べた「間違う力」によるものだが、実はその後半部分の「おもしろおかしく書く」が大事なのである。

高野秀行は「おもしろおかしく」書くことによって、それまでのやたらシリアスに語ることを良しとしたノンフィクションの書き方を変えてしまったのだ。後に高野はそういった作品を「エンターテインメント・ノンフィクション」と名付けるのであるが、多くの読者が誤解しているのは、その「エンターテインメント」を、笑えることだと思っていることである。

実はそうではなく、いやそれも半分正しいのであるが、高野が言いたかった「エンターテインメント」は、笑いだけでなく、おもしろおかしくの〈おもしろ〉の部分が重要だったはずだ。

おもしろいとはなにか？

それこそが高野秀行がノンフィクションに持ち込んだものである。すなわちストーリーなのである。本来であればノンフィクションと一番相容れないであろうストーリーを、高野秀行はノンフィクションに持ち込んだのだ。

処女作品『幻獣ムベンベを追え』からして、出発からテレ湖到着、食料危機、仲間の体調不良、そして帰国とまるで一編の映画かと思わされるほど美しい流れで構築されている。注意して欲しいのは、だからといって高野秀行はノンフィクションに嘘を持ち込んだわけではない。探検や旅の間に手に入れたトラブルや偶然という手札を、ポーカーさながら並べ替えたり整理して、ロイヤルストレートフラッシュやフルハウスのストーリーを作り得ているのである。その技こそが高野作品の中心だと私は考えている。

そんな高野秀行の多彩さが詰まっているのが、本書『辺境中毒！』だ。

ここには前に述べたジャンル以外で高野の隠れた才能ともいうべき「聞く力」を存分に発揮した対談が収録されている。角田光代、大槻ケンヂ、船戸与一など、それぞれキャラの立ちまくった相手に、辺境地の取材というよりは、そこで生き抜くために発揮された「頼る力」によって手に入れたインタビュー能力を尽くし、相手の一番面白い部分を自然に引き出しているのである。高野のこの「聞く力」は、高野の友人・知人の破天荒な生き方を訊ねた上智大学の授業を書籍化した『放っておいても明日は来る』で最大に発揮されているので、ぜひこちらも合わせてお読みいただきたい。

それともうひとつ高野の隠れた才能は、書評である。

高野秀行のブログ「辺境・探検・冒険ブログ　MBEMBE　ムベンベ」を読めば明らかなとおり、彼は狂のつくほどの活字中毒者であり、現代小説はもちろんミステリー、SF、時代小説、ノンフィクションと幅広く読み漁っている。そしてそれらを的確な表現で読者に紹介するのが上手なのである。ここに収録されている高野のお墨付き作品は、高野ファンが高野本を読み尽くした際には、最適なブックガイドになるであろう。

もちろんノンフィクション部分である「アヘン王国脱出記」や「テレビの理不尽」などは、高野秀行の本線である笑えて面白いエンターテインメント・ノンフィクションであり、先行作品の後日談として楽しめるものだ。

高野秀行の代表作はなんだろうか？

先日行われたトークイベントでは、逆にファンから「自作で一番好きな作品は何ですか？」と訊ねられていた。高野秀行はしばらく悩んだ後、『アヘン王国潜入記』と『ミャンマーの柳生一族』と答えていた。前者はその冒険のハードさから、後者は作家として作品の質からの選択だった。

帰り道、私はそっと伝えた。「私が一番好きなのは『怪獣記』です」と。

その日は35度を超える晴天で、傘の必要はなかった。前を歩く高野秀行はさっと振り返ると「ビールでも飲んで帰る？」とニタリと笑った。

高野秀行は傘をささないが、酒は大好きだ。

この文庫解説の依頼を受けて一番最後に思いついたのが以上の言葉である。

（すぎえ・よしつぐ　本の雑誌社勤務）

この作品は二〇〇八年六月、本の雑誌社より刊行された『辺境の旅はゾウにかぎる』を改題し、編集を加えたものです。

辺境読書　エンタメ・ノンフ・ブックガイド

「謎モノ」との出会い　「2007 高校生のための読書への招待」
旅に持って行きたい文庫　「おすすめ文庫王国2006年度版」
歴史的事実に沿った現代中国の「水滸伝」
　「図書新聞」2005年7月23日
ケモノとニンゲンの鮮やかな反転　「図書新聞」2006年8月19日
五感ギリギリの状態で生きるおもしろさ　「図書新聞」2006年3月25日
支隊を消した「真犯人」は誰か　「サンデー毎日」2007年10.14号
時も場所にもこだわらない　「サンデー毎日」2003年12.28号
「伊藤」は辺境地によくいる男　「本の雑誌」2007年1月号
言実一致のナカキョー、最高！　「本の雑誌」2007年2月号
イラン人の生の声を聞こう！　「本の雑誌」2007年3月号
四万十川で再会　「本の雑誌」2007年4月号
腸の中から屠畜と土地を描く傑作ルポ　「本の雑誌」2007年5月号
男の本能がかきたてられるドタバタ探検・冒険記
　「本の雑誌」2007年6月号
エンタメ・ノンフの雄、宮田珠己を見よ！　「本の雑誌」2007年7月号
エンタメ・ノンフの横綱はこの人だ！　「本の雑誌」2007年8月号
愉快、痛快のアジアお宝探索記　「本の雑誌」2007年10月号
南極探検もびっくりの秘境駅巡り　「本の雑誌」2007年11月号
究極のエンタメ・ノンフは純文学か　「本の雑誌」2007年12月号
ビルマ商人が見た七十年前の日本　「本の雑誌」2008年1月号
世間にはいかにマンセームー脳人間が多いか
　「図書新聞」2007年10月27日
織田信長は日本初のUMA探索者か？　「本の雑誌」2008年4月号
いかがわしき奴らの「天国の島」　『金門島流離譚』新潮文庫解説
探検部のカリスマは最上のペテン師だった　『流木』徳間文庫解説

特別対談

よく燃えるのが実用探検本の条件だ！／角幡唯介
　「本の雑誌」2011年3月号

初出一覧

ケシの花ひらくアジアの丘

「辺境」へ。それは、ブラックボックスをのぞく旅
　『バックパッカーズ読本』旅行情報研究会編（双葉社）
アヘン王国脱出記　「ポカラ」1999年11・12月号 Vol.17
テレビの理不尽　「旅行人」2005年夏号
ミャンマーのゾウに乗って　「旅行人」2007年夏号
六十年の詐欺　「旅行人」2006年秋号

対談　辺境＋越境

「ショー」よりも「幕間」を　「図書新聞」2008年1月1日
旅――自由気ままもムズカシイ。／角田光代
　「IN★POCKET」2007年9月号
ゾウ語の研究　「言語」2007年2月号 Vol.36・No.2
人生は旅だ！冒険だ！／井原美紀　「小説すばる」2005年8月号
中島みゆきは外国の夜行によく似合う　「NEUTRAL」＃7
現場が一番おもしろい！／内澤旬子　「小説すばる」2007年10月号
暦――辺境地の新年を考える　「図書新聞」2007年1月13日
ノンフィクションから小説へ／船戸与一　「青春と読書」2003年4月号
田舎の駄菓子屋で出会った不思議な切手　「NEUTRAL」＃6
「ムー」はプロレスである／大槻ケンヂ　「本の雑誌」2007年11月号

高野秀行の本

アヘン王国潜入記

ゴールデン・トライアングルの村に住み、反政府ゲリラと共に播種から収穫まで7か月間ケシ栽培。それは農業か犯罪か。タイム誌も仰天の世界初ルポ。

集英社文庫

高野秀行の本

腰痛探検家

腰痛という未体験世界に迷い込み、治療というジャングルをさまよう辺境作家。西洋医学、東洋医学、民間療法、運動療法、ついには獣医に心療内科……。前代未聞の腰痛治療体験記。

集英社文庫

辺境中毒《へんきょうちゅうどく》！

2011年10月25日　第１刷
2023年10月11日　第３刷

定価はカバーに表示してあります。

著　者　高野秀行《たかのひでゆき》

発行者　樋口尚也

発行所　株式会社　集英社
東京都千代田区一ツ橋2-5-10　〒101-8050
電話　【編集部】03-3230-6095
【読者係】03-3230-6080
【販売部】03-3230-6393（書店専用）

印　刷　中央精版印刷株式会社　株式会社美松堂

製　本　中央精版印刷株式会社

フォーマットデザイン　アリヤマデザインストア　　マークデザイン　居山浩二

ISBN978-4-08-746754-3 C0195